Inge Glaser

DIE BIRKAPFELGEIGE

IT-VERLAG SALZBURG

Die Drucklegung dieses Buches wurde gefördert durch die Kulturabteilung des Amtes der Salzburger Landesregierung und durch das Kulturamt der Stadt Salzburg.

Zeichnungen: Dietmar Freund

 – Gedruckt in Österreich. Gesamtherstellung: Salzburger Druckerei.

ISBN 3-900603-09-X

ALLEN MENSCHEN,
DIE MIR MEIN LEBEN,
WENN AUCH NUR FÜR EINEN EINZIGEN
AUGENBLICK,
VERSCHÖNT HABEN,
GEWIDMET.

INHALT

GELEITWORT

„Denn alles wird Metapher und Symbol" – mit diesen Worten möchte ich dies Buch charakterisieren. Es wird ja von einer echten Dichterin vorgelegt. Schon, wenn sie eine Abschnittseinteilung trifft – Einstimmiges, Mehrstimmiges, Vielstimmiges –, so sagen diese Titel als Gleichnis das aus, was im tiefsten Sinn gemeint ist und dennoch in ein edles Gewand gehüllt bleibt.

Auch wenn die Erzählungen ganz klare realistische Züge tragen, wie etwa die autobiographischen Skizzen, die zeitkritischen Aussagen, die Geschichten über die Tiere, so wird nicht auf das Symbolhafte und nicht auf das Märchenhafte verzichtet.

Mit wahrer Meisterschaft der Sprache treten die Erlebnisse des Kindes, die Beziehungen zu Tieren ins Licht und werden zum Sinnbild jeden menschlichen Tuns und Geschehens. Wenn das Märchen vom guten König und seinem Hofnarren erzählt wird, so wird dies ein Vergleich zwischen Gestern und Morgen, und alles bewegt sich im Reich zwischen den Zeiten, und es wird auch hier alles zum Symbol. Wer zwischen den Zeilen lesen kann, der liest gar viel, doppelt soviel, als Zeilen auf dem bedruckten Papier stehen.

Auch das Wort Heimat auszusprechen, scheut sich die Dichterin nicht, wenn sie von den „Alpenstraßenkindern" im Krieg und im Frieden spricht. Auch hier wird alles zum Gleichnis aus Vergangenheit und Gegenwart und Zukunft, einer fragwürdigen Zukunft.

Die Reise ist Symbol für das Leben, für das Erleben, und der „Engel" geleitet durch die Zeit, denn er beschützt das Kind, er trägt das Flammenschwert, mit dem wir aus dem Paradies gestoßen wurden und werden, und der Engel wartet am Ende der Reise auf uns.
Selbst Mozart und seine Zauberflöte gehen durch das siebende Netz der Gedanken und werden zum Märchen wie die Käfer und die Schmetterlinge, wie der Hase und die Fische im Gurkenglas.
Aber auch da ist immer die Wahrheit, die Wirklichkeit im Hintergrund bestimmend, und es wird klar, daß nur jene Dinge im Leben zu Schmerz Anlaß geben können, die einen „Namen tragen", nicht die anonymen Dinge.
Ist wohl ein Mantel, den die Dichterin um sich selber legt bei aller Liebe zur Wahrheit und in harter Zeitkritik.
Blumen und Tiere sind die geliebten Dinge, die dem Herzen verwandt und nahe sind, geben Glück und Frieden, holen alles ins Licht und bleiben doch das Symbol für Natur und Menschlichkeit.
Die Sprache wird hier zum kostbaren Werkzeug, zu Stichel und Meißel, zu Hammer und – zu Metapher, ob es sich nun um die schöne, fast elegante Hochsprache handelt oder um ihr „waschechtes" Salzburgerisch wie etwa in den Texten „Märchenspielereien" und „Die Landung der Arche Noah".
Jede einzelne Erzählung, jede Glosse – „Maskerade" und andere – steht einzeln da, wiederholt sich nicht, ist aus einem Guß gegossen.
Diesem Buch kann man nur wünschen, daß es möglichst viele junge und auch ältere Menschen in die Hand bekommen, denn Sprache und Themen sind umfassend und bunt wie das so geliebte Leben selbst.

Johanna Jonas-Lichtenwallner

PROLOG

Die Birkapfelgeige spielt auf, jauchzend und schluchzend in Knospen, Blättern, Blüten und Früchten an Bäumen, die wir Menschen sind auf unserem Stern, wo wir in der Erde wurzeln und in den Himmel ragen und das Grün der Hoffnung tragen und das Rot der Liebe.
Von irgendwoher sind wir ausgezogen, die Melodie noch im Ohr von dort und das Instrument in Händen, das uns mitgegeben worden war auf unsere Pilgerreise nach hierher, um unsere Lieder zu lernen. Entwöhnt aber des Wissens um die Griffe auf den Saiten und verhaftet noch in der Scheu vor Mühe und vor Berührung auch, bedarf es der Hingabe und des Übens, um die reinen Töne zu tasten. Menschen, die willens sind zu staunen und zu lauschen, ist es gegeben, sie zum Schwingen zu bringen.
Und das Tier ist überall um uns herum. Es haust in den Menschen, und der Mensch wohnt in ihm. Es verlangt nicht nach Zähmung. Es frißt und wird gefressen. Der unreine Laut aber schreit nach dem Meister und verlangt danach, geklärt zu werden. Doch auf dem Unstern hockt das Tier der Tiere und schreckt die Lehrlinge auf Lebenszeit, die wir Menschen sind, und den Meister, unseren Mitmenschen, der nicht vom Himmel fällt.
Der Herr der Sterne aber, der Meister der Meister und Mensch der Menschen, kennt alle Bäume mit Namen, und er redet sie an in seinem Namen und fragt nach den Liedern, die im Innersten ihrer Zwiebelherzen schlagen und die er ihnen zum Geschenk gemacht hat. Einmal

wird er sie zu hören wünschen. Wenn es dann so ist, daß alle die Zwiebeln sich geschält haben werden bis auf den Grund, sodaß die reinen Töne vielstimmig in Jubelchören um den Erdkreis schallen, werden die Posaunen des Gerichts nichts mehr zu melden haben, da das Tier der Tiere Mensch geworden ist . . .

EINSTIMMIGES

ALPENSTRASSENKINDER

Aus der Vielzahl von Straßen in Dörfern und Städten gibt es eine, die recht häßlich ist. Das war nicht immer so, doch die Kindeskinder wissen nichts davon. Schamvoll verbirgt sie ihr Angesicht auf dem Weg nach dem Süden der Stadt, und ein betagter Fluß weicht nicht von ihrer Seite.

Nichts wissen die Kindeskinder über Morgennebel, die herübergekrochen kamen von der nahen Allee und an ihren Ufern lagerten, bis die Sonne über sie herfiel. Sie wissen nichts vom anderen Nebel, der aus der Maschine kam und über die Sonne herfiel und der übel roch und die Straße verhüllte, damit die schweren Silbervögel sie nicht fänden. Nun fällt ein Blechwurm über sie her, und seine Stoßstangen strecken die Fühler nach überall hin, und die Kindeskinder atmen den giftigen Dunst einer anderen Zeit.

Damals war der Blick auf die Berge unverstellt, die abendrote Glut entflammte die Häuser, der gleißende Firn kühlte sie wieder, nur die fremden Gefährte, die man zu sehen bekam, erinnerten an eine böse Zeit, die hinter der Straße lag, und auch die aufgemalten Regenbögen rings um sie.

Noch immer stehen drei Eichen Spalier, Stammbäume der Salzachauen, und ihr Laub, mit Schwertern versehen, schütteten sie in die Wiege derer, bei welchen die Zeitrechnung begann, als die Sirenen über die Lande heulten, und die man später aufhetzen würde, gegen jene

zu Felde zu ziehen, die ihnen das Leben schenkten, da sie es versäumt hatten, das Kleingedruckte zu lesen, weil man ihnen die Arbeit gab und ein Dach über den Kopf und auf die Keller nicht vergaß. Auch die Kinder von damals vergaßen diese nicht und auch nicht die Stiefel, zu denen sie aufschauten – und nicht nur sie!
Damals warf man vieles ab, auch auf die Straße, auf der es lebendig wurde, wenn man den Kellergewölben mißtraute und dorthin eilte, wo das Naß von den Felswänden tropfte und die Ratten huschten über alles. Aber man hoffte – auf ein Wiedersehen mit dem heilen Dach und mit jenen, die auf dem Felde lagen und hungerten und froren wie sie.
Aber der Sieg blieb aus, und der Fluß mit dem biblischen Alter quoll aus den Bergen bis hin zur Stadt und lief neben der Straße her, als wäre nie etwas geschehen. Vieles fand wieder zusammen, was getrennt war, man kam zurück, wenn auch oft mit Verspätung, und im Vorland der Berge blühte das Gelb des Weizens wieder auf.
Als friedlichere Vögel wieder den Himmel bezogen hatten, standen viele auf der Straße; Kuckuckskinder in fremden Uniformen hatten sie aus dem Nest geworfen, und so stahl man die eigenen Tische und Stühle und die Kinderbettchen wohl auch.
Frauen wuschen der satten Brut die Wäsche für Brot und Schokolade. Teddybären in den Kinderzimmern staunten schwarze Gesichter an, und die weißen Zähne blitzten in diesen wie die Kinderaugen, wenn sie zu trinken bekamen, was aussah wie perlfrische dunkle dünne Milch.
„Wer fürchtet sich vor dem Schwarzen Mann?“ spielte man unter den Eichen, und die „Schwarze Köchin“, nach der man suchte, war nach Eßbarem unterwegs und irrte durch die Schar derer, die in Reihe und Glied standen mit eigenem Geschirr und ausfaßten, wonach ihrem knurrenden Magen zumute war. Es war ein Versteckspiel unter den Eichen, und die mächtigen Bäume verschwiegen so manchen schmächtigen Schatten.

Die Milchzähne fielen aus, und alle Schultaschen waren grau in grau. Die Straße zu überqueren, war ein Spiel auf Leben und Tod. Nirgends wiesen Ampeln den Weg, die Freiheit lauerte überall. Das Gastspiel der Fremden ging irgendwann zu Ende, auf der Straße dauerte es noch an für einige Zeit. Schwere Räder rollten darüber und überrollten auch junges Blut, das nicht zur Seite sprang im rechten Augenblick. Doch das Obdach nannte man wieder sein eigen, und die Puppen bekamen Zuwachs zu den Festen, und die Eichen seufzten leise unter der Last eines friedlicheren Schnees.
Bald verblaßten auch die Regenbögen an den Mauern, die Ahornbäume an den Straßenufern grünten und färbten sich und schenkten den Kindern der Straße die Früchte und auch die Käfer, die da krochen und flogen von der einen Seite zur anderen, als wäre die Zeit stillegestanden alle die Jahre über.
„Die Glocken der Heimat" riefen fettgedruckt die Großen zu den Urnen, während die Kleinen die Märchenbücher mit der Fibel tauschten. Ein anderer Regenbogen stahl sich aus den abziehenden schwarzen Gewitterwolken und spannte sich über die Drachen, die hoch in die Lüfte stiegen aus den Wiesen diesseits und jenseits der Straße, und auch die Silberfäden, die die Kinder auffingen, weil sie vom Himmel fielen und das Fest der Feste vortäuschten, blieben nun mehr auf dem Baum der Bäume hängen, wo die Kerzen des Friedens allen wieder Hoffnung machten. Der Osterhase kam wieder über die Straße gehoppelt und zeichnete die Planquadrate neu für seine Vorhaben ein. Wenn auch sein Warenlager noch zu wünschen übrig ließ, man wanderte südwärts die Straße entlang bis hin zu den Auen und kehrte mit Blumen wieder, die es in Fülle zu finden gab.
Alsbald lernten die Alpenstraßenkinder auch die Gesetze ihrer Straße – es war nicht ohne Bedeutung, ob man diesseits oder jenseits ihrer Ufer sein Zuhause hatte. Der Blick zu den Bergen verfinsterte sich mehr und mehr,

Lärm stieg auf aus neuen Gruben, da man die alten zugeschüttet hatte, und Mauern wuchsen empor, und das Grün der Wiesen ging ins Grau der Häuser über.
Schadhafte Dächer waren längst ausgebessert und geflickt worden, als man die Früchte der Eichen unbeachtet liegen ließ, die man früher gesammelt hatte und gegen klingende Münze tauschte. Vergessen war der Blick auf den Zeiger der Waage, der die Kinderherzen höher schlagen ließ, wenn er nach oben schnellte. Alles aber vergaß man nicht – die inwendigen Ruinen hielten noch lange dem Aufwind stand wie die Sandbank an der Böschung des Flusses nahe der Straße, wo die Schlitten zum Stillstand kamen nach steiler Fahrt hinunter zum Fluß, und die Straße sparte Reste von Schnee, daß die Kufen ein besseres Gleiten hatten, wenn die Kinder sie überquerten nach den Freuden eines Wintertages.
Ein hoher Herr ging damals schon der Straße aus dem Weg und wich auf das Flußufer aus, wo er seine Gebete sprach, die niemand hören konnte, weil man ihm den Hirten nicht ansah, der sich unter dem dunklen Mantel verbarg. Hätte er Mütze und Stab bei sich gehabt, die Kinder hätten ihn für den Mann gehalten, zu dessen Kommen sie ihre Schuhe putzten und vor die Türe stellten, daß er sie anfüllte – nicht nur mit der Rute! Die Kinder von damals glaubten an so vieles, denn es war eine Zeit, wo die Antennen noch nicht aus den Häusern wuchsen und die Märchen umgingen in den Stunden der Dämmerung. Und die Straße lauschte allem, wenn sie ihre Laternen entzündete und das Licht an jene verschenkte, denen sie ein Zuhause war.
Dann mußte die Straße Bäume lassen und der Fluß die Schotterbänke und auch seine Farbe. Die fremden Gefährte verloren sich. Die Schulwege bedurften der Straße nicht mehr. Man machte sich frei von allem, und es kam der Tag, wo man dies auch laut verkündete. Da füllte sich manches Auge mit Tränen, als man die frohe Botschaft vernahm, und auch der Himmel goß sein freudi-

ges Naß über die Straße aus, daß sie noch dampfte für eine lange Weile. Da wurde es endgültig licht nach der langen Zeit der Dämmerung, die der Finsternis folgte. Das Feuer des Aufbruchs knisterte auch in den Alpenstraßenkindern, so nahmen sie Abschied von den Eichen. Abschied und Wiederkehr schlossen den Kreis. Die leeren Nester füllten sich wieder, und die Kinder sehen alles mit anderen Augen. Für sie ist da kein Unterschied, ob das, was an ihren Ohren vorüberrauscht, von der Straße herrührt oder vom Fluß oder den Bäumen, deren Eichenlaub in den Blätterkronen das neue Grün des Wassers widerspiegelt . . .

FRAU HELENE

Wie durch einen Trauerflor sieht Frau Helene alles um sich herum. Es ist ein Frühling in Schwarz-Weiß. Der Lastwagen rumpelt rauchend und pfauchend stadtauswärts, stinkende Schwaden schwarzen Qualms hinter sich herziehend. Auf der Ladefläche, zwischen Säcken, Kisten und allerlei Gerät kauert sie – Frau Helene . . .

Sie denkt an den Blockwart. Ob er es war? Sie hatte die Fenster nicht verdunkelt.

Hatte man ihr das übelgenommen? Sie forscht und forscht. Was nimmt man ihr übel, und – wer nahm ihr etwas übel? Wieder denkt sie an den Blockwart und was er ihr gesagt hat: Aus Berlin kommt keiner mehr lebend heraus . . .

Sie hört den Motor des Lastwagens krachen – keiner, denkt Frau Helene und sieht die rauchgeschwärzte Frühlingssonne auf dem unbarmherzigen Himmel an. Frau Helene drückt ein Bündel an sich. Ihre Papiere sind darinnen und – ein Zeugnis. Die Matura hätten Sie ihm wenigstens ersparen können, hört sie wieder die Stimme des Blockwarts im Rattern der Räder. Ihm, das ist ihr Sohn – versteht sich! Und der ist jetzt dort, wo keiner mehr herauskommt. Der Blockwart, denkt Frau Helene wieder, was habe ich ihm nur getan? Sie sieht ihre Hände an und hat Angst vor allem, was kommt, denn ihr Sohn kommt – nicht mehr, doch sie kommt jetzt – in ein Lager, das weiß sie, dort muß sie graben, schaufeln . . . In einer Kurve wird ihr übel, der Motor gerät ins Stocken.

Kisten und Säcke geraten durcheinander. Dann geht es weiter. Es muß weitergehen, denkt Frau Helene, irgendwie . . .
Und irgendwann kommt sie dann an. Sie hört das Schwatzen junger Mädchen. Sie geht tapfer auf sie zu, obwohl diese kichern und sich anstoßen. Und dann steht Frau Helene in Reih und Glied mit ihnen, den Spaten in der Hand. Irgendwo liegt auch ihr Bündel. Der Volkssturmkommandant zählt ab. Er ist zufrieden, die Zahl stimmt. Noch ein kurzer Blick auf die Namensliste. Bei einem Namen bleibt er hängen, dann steckt er alles weg, alles . . .
Und dann wird gegraben: knöcheltief, knietief, hüfttief. Ein langes Grab, denkt Frau Helene. Es riecht nach Erde, nach Frühling, und die Sonnenscheibe ist nicht mehr rauchverhangen. Die Köpfe der Grabenden sind kaum noch zu sehen. Frau Helene hat Mühe, den Spaten mit Erde nach oben zu bringen. Plötzlich, vor ihr Stiefelspitzen, zu spät! Mühsam gehobene Erde landet auf blankgeputztem Schuhwerk. Verdammtes Weibsstück, kannst du nicht aufpassen? Los, komm heraus da! Frau Helene sieht wieder schwarz, Übelkeit läßt sie schwanken, da wird sie von einer starken Hand gepackt und hochgezogen. Der Volkssturmkommandant bringt sie fort.
Trinken Sie, sagt nun eine veränderte Stimme zu ihr, das wird Ihnen guttun. Frau Helene sieht in das Antlitz eines noch sehr jungen Mannes. Gehorsam nimmt sie die dargereichte Flasche und trinkt. Der Mann neben ihr reinigt umständlich seine Stiefel. Später findet sie sich in einer kleinen Kammer wieder, es ist schon Nacht. Sie weiß nicht, wo sie ist, doch da hört sie nebenan das Schwatzen der Mädchen. Schwarz fällt die Nacht durch das Fenster herein – es ist nicht verdunkelt. Durch eine Türritze dringt Licht. Frau Helene sieht ängstlich dorthin und zieht die grobe Decke bis zum Kinn. Drückt da nicht jemand die Türklinke nieder? Der Volkssturmkommandant könnte doch ihr Sohn sein, denkt sie. Sie zittert.

Berlin ist weit weg, die Angst ist da. Angst? Wovor? Vor wem? Um wen? Frau Helene wagt nicht aufzustehen, kalte Schweißtropfen rinnen von der Stirn ins Haar. Irgendwann schläft sie dann ein . . .
Ein neuer Frühlingstag. Frau Helene im Liegestuhl! Vor ihr der Volkssturmkommandant. Ob sie vielleicht etwas stricken möchte, fragt er sie etwas unbeholfen. Frau Helene strickt in Gedanken, trennt Gedachtes wieder auf, wählt ein anderes Muster – strickt schwarze Fäden, weiße, grobe, dünne, bunte . . . Sie hält ihre Augen noch immer geschlossen, und dann hört sie, wie die Stiefel sich entfernen, schleppend etwas. Und dann hört sie das Klirren der Spaten . . .
Tage im Liegestuhl vergehen, die Nächte in der Kammer. Es geschieht nichts. Bald sind die Gräben fertig. Frau Helene hat nicht mehr gegraben, doch die Erde gerochen – im Spatengeklirr. Sie denkt an den Blockwart und dann an den Volkssturmkommandanten. Tage später händigt ihr dieser die Dokumente wieder aus. Zuoberst liegt das Zeugnis ihres Sohnes, und Frau Helene wird verlegen. Der Volkssturmführer merkt es. Sie waren sehr mutig damals, hört sie den Kommandanten sagen. Frau Helene hebt den Kopf und sieht zu ihm auf. Sie wissen? fragt sie zögernd, und da hört sie wieder die Stimmen, die auf sie eintrommeln: Sie wünschen also, daß Ihr Sohn die Matura macht, Sie wünschen, daß er nicht die Schule verläßt, Sie wünschen, daß er nicht Offizier wird, Sie wünschen, Sie wünschen, Sie wünschen . . . Wer sind Sie denn eigentlich? Ja, wer war sie damals? Jemand, der eine humanistische Bildung für wichtig hielt in einer unmenschlichen Zeit! Man hat über sie gelacht, und ihr Sohn hat die Schule weiterbesucht und ist reif geworden, das steht auf dem Zeugnis. Reif wofür? Zum Abknallen und um abgeknallt zu werden. Der Blockführer hat recht, das Zeugnis hätte sie ihm ersparen können.
Frau Helene steht wie versteinert da. Aus Berlin kommt keiner mehr lebend heraus, sagt sie dann, um irgend et-

was zu sagen. Wer sagt das? fragt der Kommandant. Das ist unwichtig, sagt sie kaum hörbar – so unwichtig wie dieses Zeugnis da.
Sie werden jetzt nach Hause fahren, sagt der Volkssturmkommandant dann etwas verlegen und bedeutet ihr, zu folgen. Die jungen Mädchen blicken ihr nach, sie haben nun Schwielen an den Händen, und ihr Schwatzen und Kichern ist unauffälliger geworden. Frau Helene hat keine Schwielen. Sie geht nun hinter dem jungen Mann her, ein Bein zieht er nach, das sieht man jetzt deutlich. Er bringt sie zu einem Lastwagen. Sie möchte ihm noch etwas sagen, aber sie hat Mühe, seinen Schritten zu folgen. „Junger Mann", möchte sie sagen, ja, wirklich, „junger Mann", möchte sie sagen, doch er bleibt nicht stehen . . .
Ihre Hand hätte sie ihm gerne in die seine gelegt – oder dorthin, wo Menschen, Menschen, ihr Herz zu tragen pflegen. Doch er bleibt nicht stehen, und sie kann mit ihm nicht mehr Schritt halten. Von einer Bildung hätte sie etwas sagen wollen, die man nicht in Schulen lernt – oder doch? Warten Sie! ruft sie dann. Da bleibt er stehen. Ist ihnen nicht gut? fragt er fast besorgt. Und sie sagt – nichts, nichts . . . Und schon verfrachtet er ihr Bündel auf den Lastwagen, der da nun wieder steht, hilft ihr auf die Ladefläche, und sie findet sich wieder zwischen Säkken, Kisten und allerlei Gerät. Nach Hause, denkt sie bitter, und dann denkt sie an den Kommandanten – dankbar, und dann stutzt sie plötzlich. Er hat ihr etwas nachgerufen! Was aber hat er gerufen?
Der Lastwagen rumpelt, raucht und pfaucht, Frau Helene schläft ein und träumt schwer. Dann kommt sie wieder an. Zwei vertraute Arme halten sie umfangen. Grüßen Sie Ihren Sohn von mir, ich habe mit ihm maturiert, hört sie die Stimme des Kommandanten von weit her. Noch immer wagt sie es nicht, die Augen aufzuschlagen . . .

GUTE JAHRGÄNGE

Wenn einmal Gericht sein wird, dann nämlich, wenn sich das letzte große Tor hinter uns schließt, nachdem sich zuvor schon viele hinter uns geschlossen haben werden, harren die Früchte der Zeit des großen Weinstocks, der da kommen wird, um Ausschau zu halten, wie sie wohl geraten wären, die Reben, die er da hat wachsen lassen auf kargem und auf fettem Boden, in guten und in schlechten Jahren.

Längst zuvor aber sind sie schon zu sehen, die Schattenspuren vom Torlauf zwischen den Zeiten, die sich den Ranken entgegenstellen und ihren Gang lähmen auf dem Weg zur Traube.

Nimmermüde läuft so ein Schatten neben mir her, auf Kindesbeinen, die Hände festgeklammert an einem Wägelchen, in dem, zu klein noch, um zu laufen und zu begreifen, das Brüderchen sitzt. Aber da ist die Frau, die schiebt und rennt und das Tor erreicht, das rettende, wo man drängt und stößt. Und da geschieht es: die Kinderhände lassen los, denn man trampelt über alles hinweg angesichts des Grauens, das sich da zeigt am Himmel, auch wenn das Kind schreit. Und es schreit noch immer, in Schattenkleid und zur Unzeit auf. Doch es muß ein guter Jahrgang gewesen sein – nicht nur des Soldaten wegen, der es hochhebt, daß man sich wiederfindet, und wegen der Entwarnung, die die Angst stundet für die Weile bis zur nächsten Flucht in den schützenden Berg, sondern da ist das Haustor, das heil geblieben war und

den Angriffen standgehalten hatte mit allem, was es verwahrte, und trotz der riesigen Krater, die das Unheil gerissen hatte ringsum . . .
Auch Schultore werfen Schatten auf Ziffer und Zahl, auf Zeichen und Worte. Da haust noch ein Schattenwort in mir, das oftmals schreit und zuweilen brüllt: LÖPPE, LÖPPE . . ., als hätte ich den König der Tiere mit fünf statt mit den vier Buchstaben, wie es sich gehörte, aufgeschrieben. Da stand nun der Buchstabe, der des Ärgernisses, ganz in Weiß an der schwarzen Tafel, doch die Farbe der Unschuld machte nicht wett, daß an seiner Stelle von Rechts wegen der dreiundzwanzigste aus dem Abc hätte stehen müssen. Dem zweiten davon, versehen mit einer kunstvollen Schlinge, wie mir schien, die eindeutig nach oben strebte, war nicht anzumerken, daß er das Wort in der Weise entstellte, wie dies das häßliche Gebrüll vermuten ließ, da mit freiem Auge und bestem Willen weder eine doppelte Ausfertigung noch eine harte Ausführung dieses Mitlautes zu erkennen war. Mit einigem Wohlwollen abgelesen und ausgesprochen, hätte es eine unverwechselbare Ähnlichkeit mit jenem erlangt, das dem königlichen Tier angemessen gewesen wäre. Doch wehret den Anfängen: zuerst sind es Zeichen, die Unordnung schaffen im Wort. Dann sind es die Wörter, die Unruhe stiften in Gesprochenem und Geschriebenem.
Das Spottbad in der Menge mußte sein. Doch ich muß ein guter Jahrgang gewesen sein, wage ich es heutzutage immer noch, Mengen von Wörtern in eine poetische Unordnung zu bringen, und bin dennoch heil geblieben – inmitten der großen Tiere, die da zuweilen aufschreien und auch brüllen ringsum . . .
Unordnung in Wort und Tat, wird behauptet, mißbilde Leib und Seele – von solchen vor allem, die glauben, es zu wissen, oder es wissen, weil sie es glauben. So sind da einstmals Tore von Kirchen und Beichtstühlen zu durchschreiten gewesen, um heil zu bleiben durch ernstlich

mahnende Kanzelworte und selten tröstliche Kreuzverhöre. Was aber ist zu tun in Ermangelung zehn brauchbarer Sünden, die der Ordnungsschaffung bedurften und nach einbekannter Reue der Segensspendung harrten. Wo hernehmen, wenn nicht stehlen? Ich aber muß ein guter Jahrgang gewesen sein, hat mir doch ein poetisches Lustgefühl zu einer Schuldfindung verholfen, und das in einer so phantastischen Weise – im wahrsten Sinne des Wortes, angesichts dieser mein Schutzengel von Rechts wegen hätte in Ohnmacht fallen müssen. Vorsichtshalber aber versicherte ich mich der Gunst eines mir sichtbaren Engels, der auf einem riesigen Bild, das ich habe tragen helfen dürfen – eben wegen meiner tapferen Schuldeingeständnisse vermutlich –, mit seinem Schwert das Paradies bewachte und den Blick dorthin so verstellte, daß man davon nur einen blassen Schimmer hatte. Da sich dessen Angesicht aber kaum merklich verfärbte und ihm auch sein Schwert nicht aus der Hand fiel, konnte ich annehmen, daß er meine Vorstellungen von Himmel, Hölle und Paradies billigte, sich vielleicht auch meiner Meinung bezüglich von Sündenbemessungsgrundlagen anschloß und mir nicht zürnte, daß mein Himmel voller Geigen hing und der Weg dorthin mit köstlicher Schokolade gepflastert war. Daß er gar meine eigentümlichen Überlegungen, die Belange des Fegefeuers betreffend, teilte, konnte ich nicht erwarten, da dies ihm mit Sicherheit seinen Posten als himmlischer Paradieswart gekostet hätte.

Mit den Jahren wird man anderen Sinnes. Den Glauben daran, ein guter Jahrgang zu sein, habe ich noch immer. So ist zu vermuten, daß ich, wenn einmal Gericht sein wird und ich Rechenschaft zu legen hätte, wie ich wohl umgegangen wäre mit Schatten und Licht, es wagen würde, meine Ansprüche aus meinen zeitlebens beibehaltenen Vorstellungen über göttliche Schuldbemessungen geltend zu machen.

Wahrscheinlich aber stünden mir diese so ins Gesicht geschrieben, daß es der große Weinstock nicht an der von mir erhofften Barmherzigkeit mangeln lassen würde bei seinen richterlichen Urteilssprüchen. Beschämt würde ich vielleicht am Ende gar erkennen, daß dieser niemals anderen Willens gewesen war, als die Jahrgänge, die dunklen vor allem, an ihrem Lichte zu messen, das, weiß Gott wo, ihrem Erdenschatten die Waage hielt.

DIE LANDUNG DER ARCHE NOAH

Nochdems grengt und gschütt hot wia net gscheit,
woas daun boid amoi so weit,
da Noah hot a Ruckal gspiat,
und a die Viechal hobn si griat
und aus dem Foazeig aussi woin.
Da Noah loßt dös Tauberl hoin
und denkt si: Ruig Bluat,
nua guat, daß nimma regnan tuat,
i hob jetzt gnua vom nossn Glumpat,
dö Viecha wan ma boid vasummpat,
und east die oarge Drängerei,
di is jetzt hoffantlich vorbei!
One Zweigl kummt die Taubn wieda,
do wiad der Noah fuarchtboa zwida,
ma heart'n schimpfn, schrein und tobn . . .
die Laundung wiard vorerst vaschobn!
Olle gehn jetzt unta Deck –
dö Viecha oba, die wolln weg!
Boid gibt's am Laund a aundas Klima,
und a die Taubn, die kummt jetzt nimma.
Da weardn die Viecha gaunz varuckt,
dö Lamperl hättens fost dadruckt!
Ois rennt fuchtig hin und her,
da Noah hot a neiches Gscher!
Dö Vogal loßt a ois easte aus,
daun kummt die Kotz no voa da Maus!
Daun stelln si die Elefantn an,

zerst kumman no die Hendln dran,
daun muaß ea a die Muckn fongan,
inzwischen meitern scho die Schlaungan,
die Nosheandl brauchn a eigane Treppn,
do drüba muaß ea a die Offn schleppn!
Die Elefantn brechn durch die Bruckn,
da Noa kaun si grod no duckn.
Die Pferdln trampln, die Schweindl grunzn,
jetzt tuat eam no da Eisbea hunzn –
ka Eis, ka Wossa, nix mea do!
Dös gaunzi Zeigl was Gott wo . . .
jetzt watschlt ea hinta di Antn noch,
dö findn sicha boid an Boch!
Da Noah schwitzt und rennt und rennt,
jetzt san eam di Schüdkrötn durchibrennt!
E so laungsam di zachn Trümma,
oba da Noah, der siagt si nimma!
Dawei ea di Hamster aussischupft,
kumman die Kengoru obaghupft!
Di Löwn liegn no auf an Haufn,
di Hirschn faungan an zum Raufn!
Voa eam kriacht jetzt a Krokodü,
dem Noah wird's schen langsam zvü!
Inzwischn kumman d'erstn zruck!
Dea Noah glaubt an einen Spuk!
Ea schimpft gaunz wüd dös dumme Gfrast,
daß in kan Schuach mea einipaßt:
Ia Rindviecha kapierts amoi,
di Achn is net eia Stoi!
Daun is amoi dös Schiffi leer,
da Noah hot kane Viecha mehr!
Do heat a leise wos rumorn,
daun siagt ea a die Eslsorn!
Da Noah krault dös Eselsfö –
da Graue get net von da Stö.
Kum, sogt da Noah, gemma spaziern,
da Esl oba wü si net rürn!

Scho guat, mant da Noah,
bleibst hoit bei mia,
bist zwoa a dummes, oba
a a troies Tier!

KINDERGLÜCK IM GURKENGLAS

Es waren einmal zwei Kinder. Es waren keine Königskinder, denn sie wohnten nicht in einem Schloß. Es gab da keinen Söller, sondern nur einen Balkon, und dieser war für eine Tierhaltung wenig geeignet, das bedeuteten die Eltern den Kindern, da diese den Wunsch hatten, den Familienverband um Vierbeiniges oder auch Geflügeltes zu erweitern. Eines der beiden Kinder, der Knabe und Bruder des Mädchens, brachte eines Tages etwas Winziges nach Hause, das weder bellte noch miaute, das weder flog noch sich auf Beinen fortbewegte, sondern in aller Stille schwamm und stumm war wie ein Fisch, denn es war einer, obzwar dies in Anbetracht der übermäßigen Winzigkeit schwerlich festzustellen war. Einer Tierhaltung aber konnte, das hatte der Knabe genau bedacht, aus den schon erwähnten Gründen nichts im Wege stehen. Und die Eltern eines solchen Sohnes, vor vollendete Tatsachen hingestellt, gaben, zur Freude des Mädchens, ihrer Tochter also, die entsprechende Einwilligung – nicht etwa in Form eines väterlichen oder mütterlichen Jawortes, wie man vielleicht meinen möchte, sondern, indem diese nach einem geeigneten Gefäß Ausschau hielten, da ihnen der augenblickliche Aufenthaltsort des Winzlings, der sich bei jeder Richtungsänderung den Kopf anstieß, als nicht entsprechend erschien. Ein riesiges Gurkenglas war plötzlich für die Einquartierung zur Stelle. Die Kinder wußten diese mütterliche Opfergabe zu schätzen, diente diese doch zur Aufbewahrung von

Eiern, die in diesem Glas in einem weißlichen Schlamm zu dem Zwecke überwinterten, um für die Zubereitung gewisser Speisen zu einer Zeit, wo Eier nur schwer und teuer zu haben waren, zur Verfügung zu sein. Es war immer das Mädchen, die Tochter der Eltern, das im Bedarfsfalle den Gang in den Keller anzutreten hatte, um aus der schon erwähnten Masse die Hühnerprodukte herauszufischen, welche dann in einem Gefäß mit Wasser bezüglich ihrer Tauglichkeit einer Prüfung unterzogen wurden. Blieb das Ei am Boden, konnte das Mädchen aufatmen, hatte aber ein Ei die Unverschämtheit, im Wasser auf seiner Spitze zu tanzen oder gar zu schwimmen, stand ihm ein neuerlicher Kellergang bevor. Ging der Eierbestand zur Neige, gestalteten sich diese Suchübungen schwieriger, denn des Mädchens Hand mußte in die Tiefen dieses Schlammes vordringen, und wenn es dort nichts mehr zu fassen gab, war es nicht so einfach, die Mutter von der Leere ebendieses Gefäßes zu überzeugen, denn nur zu oft war es vorgekommen, daß die Hand der Mutter doch noch ein Ei ans Tageslicht beförderte, und das kam dem Mädchen, der Tochter also, immer etwas unheimlich vor, da es an Zauberei erinnerte, was da geschah.
Nun aber befand sich in ebendiesem Glas nicht ein Produkt von gackerndem Federvieh, sondern eines, das der Knabe, der Bruder des Mädchens, dem nahen Fluß entnommen hatte. Der Schwester desselben wird es immer ein Rätsel bleiben, wie er das zuwege gebracht haben mochte. Schon die Beschaffung des Marmeladenglases, aus welchem die Umsiedelung dieses Fischchens erfolgte und mit welchem er dieses in die Falle gelockt hatte, war ihr unvorstellbar.
Der Wahrhaftigkeit der Aussagen des Knaben, ihres Bruders also, mußte sie schließlich Glauben schenken, als dieser, eingedenk der Worte seiner Schwester, daß es nicht gut sei, wenn so ein Fisch allein wäre, ein zweites solches Wesen und bald darauf ein drittes daherschleppte

– im Marmeladenglas, versteht sich. Deren Winzigkeit aber mußte es zugeschrieben werden, daß den elterlichen Blicken entging, daß da der Fischlein drei waren, die da im Gurkenglas ihre Runden schwammen.
Die Stunde der Wahrheit aber schlug, als sich das Innenleben dieses Glases, das seinen Standort auf dem Balkon hatte, grünlich färbte, sodaß es auch den Kindern nur schwerlich gelang, den lebendigen Inhalt desselben ausfindig zu machen. Dieser Umstand gewährte zwar einen störungsfreien Ablauf des Fischalltags für die dadurch unbemerkt gebliebenen Neuzugänge, doch ein eigentümlicher Geruch stieg den Familienmitgliedern unangenehm in die Nase; so schritt eines davon, nämlich der Vater, zur Tat. Die Mutter opferte zu diesem Zwecke wieder ein Gefäß des familiären Geschirrbestandes, wodurch die vorübergehende Umsiedelung zum Zwecke der Reinigung des Gurkenglases erheblich erleichtert oder gar überhaupt ermöglicht worden war. Wie sehr auch die Kinder die Großherzigkeit der Mutter zu schätzen gewillt waren – der Gedanke daran, daß es nun an der Zeit wäre, ein Eingeständnis bezüglich der eigenmächtig vorgenommenen Fischvermehrung abzulegen, trübte dennoch ihre Sinne so, daß das trübe Gurkenglas diesen in keiner Weise nachstand. Der Knabe eilte, das Marmeladenglas zu holen, denn alle Familienmitglieder waren sich einig, daß die mütterliche Teigschüssel für die bevorstehende Prozedur nicht ausreichen würde. Das Theater, das da nun über die Familienbühne ging, war so aufwendig und nahm alle so in Anspruch, daß dieses sich für einen einzigen Winzling von einem Fisch wahrlich nicht ausgezahlt hätte. Das sah zuerst der Vater des Knaben ein, als sein Sohn, da das Unternehmen an einem kritischen Punkt angelangt war, so nach und nach mit der Wahrheit herausrückte. Dies war notwendig geworden, wollte man es nicht darauf ankommen lassen, daß zwei derselben im Ausguß landeten, war doch nur die Hälfte des familiären Suchtrupps darauf aus, der Fische drei habhaft zu werden.

Während man die grünliche Flüssigkeit aus dem Gurkenglas in die schon erwähnte Teigschüssel goß, vergewisserte man sich, daß keiner der Fische herausgeschüttet worden war, dann entleerte man die Teigschüssel, und der Vorgang wurde wiederholt. Als sich beim nächsten Mal tatsächlich ein Fisch in die Teigschüssel verirrte, übersiedelte dieser in das Marmeladeglas, und, um das Verfahren nun rasch zu beenden, bemächtigte sich das Familienoberhaupt, nämlich der Vater, mit dem Einverständnis seiner Frau, also der Mutter der Kinder, des restlichen Gurkenglases, um es wegzuleeren. Nur das schon erwähnte Geständnis des Knaben, daß da noch ein Fisch zu suchen wäre, konnte dies verhindern. Diesem, noch jung an Jahren, war es verboten, dem nahen Fluß zu nahe zu kommen. Unter den Vorhaltungen des Vaters senkte sich dessen Kopf wie der Spiegel des grünlichen Wassers im Gurkenglas, und an ein weiteres Geständnis war da vorerst einmal nicht zu denken. Die Dinge nahmen ihren Lauf und damit auch den Kindern die weitere Bekanntgabe des dritten Gurkenglasbewohners ab. Zu dem Zeitpunkt nämlich, wo sich die Wasserwechselprozedur ihrem Ende näherte und noch immer kein Fisch zum Vorschein kam, vermutete der Vater, die Kinder hätten sich einen Scherz erlaubt und er hätte nun seinen Sohn, den Knaben, zu Unrecht einer Zurechtweisung unterzogen, und just da kam, was kommen mußte: im allerletzten trüben Wasserrest waren der Fischlein zweie! Ob die Vermehrung künstlicher oder natürlicher Art gewesen war, daran verschwendeten die Eltern angesichts der endlich überstandenen Nervenanspannung keinerlei Gedanken mehr.

So verging der Sommer. Die Winzlinge nahmen zu an Größe, was sich an der Gewichtsabnahme der Sparschweine bemerkbar machte, denn Wasserflöhe kosteten Geld. Die immer wiederkehrenden vorübergehenden Umquartierungen in Teigschüssel und Marmeladenglas überstanden sie ohne jeglichen Schaden, denn ihr Ver-

halten zeigte danach keine nennenswerten Abweichungen. War die Wasseroberfläche mit Nahrung bedeckt, kamen sie angeschwommen, was der Mutter der beiden stets die Bemerkung entlockte, daß sie ein solches Verhalten auch bei ihren Kindern für gut hieße, denn diese versäumten es zu oft, ganz in den Anblick des Gurkenglases und dessen Inhalt versunken, der Aufforderung, zu Tisch zu kommen, zu entsprechen. Dem Knaben, der auch den Fischen Namen gab, war der Glaube daran nicht auszureden, daß die Fischchen auch auf diese hörten. Auf Klopfzeichen jedoch, die etwas Kurzweil brachten in deren Alltag im Glas, kamen sie angeschwommen. Ansonsten führten diese „Haustierchen" ein Dasein, wie man es von ihnen erwartet hatte: sie gackerten nicht, sie bellten nicht und liefen weder fort, noch flogen sie davon.
Die Herbststürme fegten auch über das Gurkenglas, und der Winter klopfte an die Balkontüre. Das war zu einer Zeit, wo den Eltern der Kinder die verdächtige Bemerkung entschlüpfte, daß es in deren Zimmer „fischelte". Da sie auf dem Balkon nicht nach dem Gurkenglase Nachschau hielten, konnten sie nicht wissen, daß dieses Behältnis Abend für Abend den Standort wechselte, nämlich nach dorthin, wo ihnen der schon erwähnte Hinweis entschlüpft war. Dies war den Kindern eine Warnung, und sie warteten von nun an den allabendlichen elterlichen Kontrollgang ins Kinderzimmer ab, um danach unbemerkt ihr „gefährliches" Vorhaben auszuführen. Diese Mutprobe ging erst vonstatten, wenn es im familiären Wohnbereich still geworden war. Die Zeit bis dahin vertrieben sich die Kinder damit, Überlegungen darüber anzustellen, wie man ein zweites Gurkenglas, das zur Winterszeit für die schon erwähnte Eieraufbewahrung vonnöten sein würde, beschaffen könnte. Da der Knabe, der Bruder des Mädchens, für die Tierbeschaffung das Seinige getan hatte, mußte das Mädchen, die Schwester des Knaben, das Ihrige beitragen und sich um ein solches kümmern.

Die Eltern hatten längst bemerkt, was sich des Nachts im Kinderzimmer tat, was man daraus schließen konnte, daß die Kinder von ihnen über die Aggregatzustände des Wassers informiert wurden, nichtsahnend scheinbar, daß diese sich, zwar diesbezüglich noch nicht mit entsprechendem Schulwissen versehen, entsprechend ihrem vorhandenen Hausverstand, der sich nach Ansicht so mancher Fachleute mitunter auch vererben sollte, damit auseinandergesetzt hatten, daß Fische dieser Art als „Eisbrecher" wohl nicht taugten. Alsbald zeigte sich, daß Verhandlungen hinsichtlich einer Überwinterung des Gurkenglases samt Inhalt, die Verlegung des Standortes in die elterliche Wohnung betreffend, nichts fruchten würden. Dem Vater muß wohl der Knabe als das mutigere seiner beiden Kinder erschienen sein. So geschah es, daß das Mädchen, das eines Tages von der Schule nach Hause kam, das Gurkenglas samt Inhalt nicht mehr vorfand, sodaß es des Abends im Zimmer der Kinder heftig „fischelte". Als der Knabe vom Hergang der Ausquartierung berichtete, vermutete das Mädchen hinter aller seiner vernünftigen Berichterstattung die Worte des Vaters, die er wohl willens war, sich zu eigen zu machen, doch seine Stimme verriet ihm, daß es mit dem Vernunftsinn des Bruders ebensowenig weit her war wie mit dem der Schwester.

Schließlich redete er sich noch damit in den Schlaf, daß es den Fischlein zu gönnen wäre, das Meer, wohin er seine Lieblinge unterwegs wähnte, zu schauen – das große weite Meer, ungeachtet der Tatsache, daß dieses nicht mit Leitungswasser angefüllt war. Das zu bedenken und auch daß dies den sicheren Untergang derselben zu bedeuten hätte, war der Bruder nicht gewillt. Er gedachte nur noch der Dankesbezeugung des einen Fischchens – der Name war dem Mädchen entfallen, das noch einmal zurückgeschwommen kam und eine Ehrenrunde drehte vor seinem Weg in die Freiheit, ehe der Schlaf des Vergessens die beiden Kinder ins Land der Träume holte.

An diese Begebenheit aus der Kindheit mußte das Mädchen, die Schwester des Knaben, noch oft denken, als der Knabe, der Bruder des Mädchens, eines Tages die Enge des familiären Gurkenglases nicht mehr ertrug, sodaß er es verließ und hin zu den Ländern seiner Träume zog, über das große Wasser in die Freiheit, die er sich schenkte, wie auch damals den Fischen . . .

MÄRCHENSPIELEREIEN

Do hot si amoi a klana Kumpl,
nämlich dös wüde Stilzchen-Rumpl,
vo seim Logafeiaschlafal gaunz vawirrt,
zum Dornenröschen ins Schloß vairrt.
Waßt net mein Naum, frogts Zwergl dös Kind.
Vo dem Gschroa erwocht des gschwind
und stottat: I woatat auf an Prinzen!
Do muaß dös Rumplstilzchen grinsen,
i bin scho recht – um jedn Preis,
dös Spinnradl do is da Beweis!
Do schloft dös Mädal wieda ein,
denkt si da Zweag: Muaß woi a Irrtum sein,
und schlupft außi bei da Dornenheckn,
so a Woidschrot loßt si net neckn!
Gaunz zakrotzt und gaunz zaschundn
hot ea daun do wieda a Spinnradl gfundn,
ea schleicht si aun – ohne Geräusche,
do – da sitzt scho wieda a foische –
ane mit an rotn Kappl – o Graus!
Schaut so a Königstochta aus?
Ghearst du do her und waßt mein Naum?
So putzt da Zweag dös Dirndl zam!
Dös dakummt und red von an Woif,
dös Zweagl schreit: Da Teifl hols!
Waßt net mein Naum, gibst ma den Wein!
Jo, sogts Rotkäppchen, hear auf zum Schrein
und a zum Fluachn, hüf ma liaba

dös Woifsvich suachn, dös wo
mei Oma gfressn hot . . .
Red kan Solot, platzt dem Zweag da Krogn,
da Woif hot di siebn Geißlein im Mogn,
füa a Oma is do gwiß ka Plotz –
nau, du Frotz? Sogst ma mein Naum?
Jo, mants Diandl, hängt dös
vielleicht mitn Schneewittchen zaum?
Daun wa dös wirklich fuachtboa zbled,
vo die siebn Zweagln meak i mia de Nauman net!
Bist du da Zweag mit Numma sex?
Und wohnst im Stoi bei da oitn Hex?
De hob i gestan in Ofn gschobn,
faungt dös Rumpelstilzchen aun zum Tobn,
und waunst net waßt, wia da Gretl
ihr mogara Bruada haßt,
wead auf da Stöll i di vasohln –
gibs zua, den Kuchn host
vom Hexnhaisl gstoln?
Da Zweag kaun di Antwurt nimma dawoatn,
wei, ausn Goatn kummt a Geplärr . . .
vielleicht kummt jetzt da Woif daher?
Do da Zweag, dea denkt si: Sakrati,
a Woif, der schreit do net kikeriki?
Bevoa ea no obischaut zu dö Kundn,
is Diandl mitn rotn Kappl vaschwundn!
Via Viecha oba frogn den Zweag,
ob a net zu dö Brema Stodtmusikantn gheat?
Na, heat ma dös Rumplstilzchen stammeln,
i bin do da Rottenfenga von Hameln!
Daun samma foisch, mant da Hund, mant
die Kotz, mant da Esl und da Haun.
Jo, sogt da Zweag, i a! Jetzt faung i
von neichm zum Suachn aun!

MARKTLÜCKE

Kauft, Leute, kauft –
der Schlager, der Hit –
G e f ü h l e –
in Dosen und Packerl,
in Schachteln und Sackerl –
mit Etiketterl und
Beipackzetterl:

Trauer, in Tränendosen,
mit Kohlensäure versetzt,
zischfrisch zu öffnen
bei niedrigem seelischem Wasserstand!
Freude, vakuumverpackt, mit
unbeschränkter Aufbrauchsfrist!
Mitleid, in schaumgebremstem
Frischhaltebeutel, und
Liebe, ohne chemische Zusätze,
schäfchenweich, ein reines Naturprodukt
für Anspruchsvolle!

Dosen und Packerl,
Schachteln und Sackerl –
g e f ü h l s gefüllt
mit Gütegarantie –
rezeptfrei zu erhalten
in Drogerien, Apotheken
und einschlägigen
Fachgeschäften,

Großpackungen, tief reduziert
auch in Supermärkten!

Preislich inbegriffen –
die Haftpflichtversicherung,
da Folgeschäden bei öfterem
Gebrauch nicht ausgeschlossen!

Kauft, Leute, kauft –
der Schlager, der Hit . . .

EIN HASE NAMENS FRANZISKA

Nähe schafft Beziehungen, und diese haben es in sich und an sich, daß dann Trennungen schwerfallen. Will man selbigen aus dem Wege gehen, geht man vorsorglich allem und allen aus dem Wege und hält alle und alles um sich von sich ferne, was einem zu nahe kommt, sonst ist es aus und geschehen. Nur nicht „du" sagen zu jemandem und niemand mit seinem Namen ansprechen! Namenloses und Anonymes findet schlecht den Weg bis hin zum Herzen. Was zu Herzen geht, ist immer näher, als man denkt.

Da brutzeln nun Lämmchen am Spieß, und keiner will sie. Köstlich zarter Lammbraten – zum Nulltarif! Das Dorffest ist voll im Gange. Die Lämmer drehen Runde um Runde über dem Feuer und werden nicht weniger. Auch mir war nicht nach „Lamm", was den Herrn Bürgermeister verwunderte. Irgendwann sah er ein – es war ein Fehler, diese Tiere vor ihrer Abschlachtung auf einer Dorfwiese weiden zu lassen. Noch immer trieb es die Kinder zum Streichelzoogehege, das sie verwaist vorfanden. Gestreicheltes und mit Namen Versehenes schmorte nun in einheitlicher Gestalt als Festtagsbissen für hungrige Mäuler: das „Mehlein", das „Kuschl", und wie sie noch alle geheißen haben mochten.

Der Fischerwirt soll eine solche Entwicklung der Dinge vorhergesehen haben. Er bot daher seine Fische, die munter in einem wirtshäuslichen Wasserbehälter zum Zwecke ihrer Zubereitung nach Wunsch der Gäste um-

herschwammen, nur auf der Speisekarte in Gewichtseinheiten an, denn er wußte, sobald sich die lukullischen Auftraggeber ein lebendiges Bild ihrer Wahl machen würden, stiegen diese raschest auf Schwein, Rind oder Wild um. Ausnahmen bestätigen die Regel. Davon wußte auch der Fischerwirt zu berichten. So gäbe es Gäste, die nicht nur darauf erpicht wären, die Auswahl am lebendigen Objekt vorzunehmen, sondern auch bei dessen Tötung beizuwohnen verlangten, um sicherzugehen, daß tatsächlich auch der gewünschte Zappelfisch, wie sich ein solcher nach Entzug seines Lebenselementes präsentierte, in der Pfanne und dann auf dem Teller landete.
Die Erfahrungsberichte des Fischerwirtes erinnerten mich an die weise Voraussicht eines Elternpaares, das diesen Umständen, nämlich die Be- oder Abschaffung von Beziehungen betreffend, im Hinblick auf ihre Sprößlinge entsprechend Rechnung trug. Es gab Zeiten, wo ein fetter Hasenbraten eine willkommene Bereicherung des Festtagstisches bedeutete, und solche, wo man sich einen solchen nicht leisten konnte. So erstand man – die Eltern – ohne das Wissen der Kinder ein Häslein, das einer Zufütterung bedurfte, zu einem erschwinglichen Preis, um es im Keller für die Festzeit hochzupäppeln. Unter strengster Vermeidung einer Kontaktaufnahme zwischen dem Hasen und den Kindern ging dieses Unternehmen vor sich. Die Kinder waren aber längst keine „heurigen Hasen“ mehr, um nicht zu merken, daß ihre Dienstleistungen, was das Holen von Kohlen, Holz und anderen Dingen aus der finsteren Tiefe betraf, nicht in Anspruch genommen wurden. Auch wenn dieser Umstand die Angstgefühle aussparte, die so ein Gang in den Keller – und das wagten sich nun auch die Geschwister einzugestehen – verursachte, schöpfte man doch Verdacht. Dieser richtete sich aber keineswegs auf ein vierbeiniges Langohr, sondern darauf, daß dort vielleicht etwas versteckt sein würde, was man auf dem Gabentisch erhoffte. Hätten die Kinder nur einmal Nachforschun-

gen zum Zwecke der Überprüfung ihrer Vermutungen angestellt, das Festmahl wäre geplatzt, so aber platzten die heimlichen Wünsche, da das leibliche Wohl der Familie im Vordergrund stand. Überdies wäre ein Vorstoß in die Kellertiefen nicht von Erfolg gekrönt gewesen, da der Schlüssel für dort vorsorglich so verwahrt worden war, daß ihn die Kinder auch nicht nach klügsten Überlegungen gefunden hätten. Wie nun die Beförderung des Hasen vom Diesseits in Jenseits vonstatten ging, darüber gibt es keine verbürgten Aussagen. Nur so viel war darüber zu erfahren, daß dies dem Oberhaupt der Familie zufiel, da die Zubereitung von Speisen ohnehin zu früheren Zeiten Frauensache war. Die Sache flog auf, als Mann und Frau ziemlich lustlos im Essen herumstocherten, würgten und ihren Kindern die Frage stellten, was diese wohl glaubten, welches Fleisch sie da vor sich hätten. Durch dieses Fragen mißtrauisch geworden und unkundig noch eines solchen Fleischgeschmackes, blieb des Rätsels Lösung offen, aber die Wahrheit kam ans Licht. In Erinnerung blieb, was nach dieser Offenbarung alles besprochen worden war, nämlich, daß die Kinder zuallererst nach dem Namen des Hasen gefragt hatten . . .
Daran mußte ich denken, als mir jemand beim Rundgang durch das festlich geschmückte Dorf verriet, daß ein Hase, der eigentlich eine Häsin war – „Franziska" mit Namen –, einstmals vermutlich dem Umstand der Namensgebung die Rettung seines Lebens bis zum natürlichen Tod zu verdanken hatte. Da ich die Erzählung nicht unterbrechen wollte, unterließ ich es, darauf aufmerksam zu machen, daß es nicht an der Namensgebung gelegen haben mußte, die ihn vor einem vorzeitigen Garaus bewahrt hätte, sondern diese nur eine Folge der schon vorhandenen seelischen Verknüpfungen gewesen sei, und so erfuhr ich, was meine Überlegungen bestätigte, daß sich dieser eines Hasenlebens erfreute, wie es die Lämmchen vor dem Feste genossen hatten. „Franziska" hoppelte Tag für Tag im häuslichen Garten umher,

schlief nachts in seinem Ställchen, das die Kinder säuberten und versperrten, daß ihrer „Franziska" kein Leid geschah. Auch diesem Hasen sollte die Stunde für den Kochtopf schlagen. Das Fell desselben war überdies dazu ausersehen, etwas für den Geldbeutel einzubringen. Zwei Mädchen aus der Kinderschar – einem davon, nun schon erwachsen geworden und neben mir herspazierend, verdanke ich den Bericht dieses Erlebnisses – wurden erwählt, „Franziska" zum nächsten Ort zu tragen. Der Weg war weit, das Körbchen schwer – ebenso das Herz der Kinder –, und man sann, was da nun zu machen wär'. Von weitem sah man schon die ausgespannten Hasenfelle, als man sich „Franziskas" Schlächter näherte. Aber auch dieser hatte ein Herz und nahm die angebotenen Dienste der beiden Mädchen an. So aßen die beiden als einzige der Familienmitglieder mit großem Appetit den Hasenbraten, wußten sie doch ihre „Franziska" lebend ganz in ihrer Nähe, während die anderen mit sichtlich schlechtem Gewissen ihre Bissen hinunterbrachten. Dafür aber blieb den Appetitlosen die Last des Entdecktwerdens erspart. Zwar hatten die Mädchen für den Hasen ein sicheres Versteck gefunden, doch hatten sie den Braten und das Geld für das Fell abzuarbeiten, was deren Abwesenheit zuweilen erforderlich machte. Und während einer solchen kam alles auf. Die Wiedersehensfreude mit der totgeglaubten und aufgefr . . . gegessenen „Franziska" war so groß, daß keinerlei erzieherische Maßnahmen im Hinblick auf die Gehorsamsverweigerung getroffen wurden, nur eines verzieh man den beiden noch lange nicht, daß sie damals in den vollen Genuß des Hasenbratens gekommen waren, während er ihnen im Halse steckengeblieben war.

Wann „Franziska" ihr natürliches Hasenleben ausgehaucht hatte, konnte ich nicht mehr in Erfahrung bringen, denn der Dorfschullehrer, der sich zu uns gesellt hatte, konnte mit einem lebendigen Hasen und mit einer Geschichte aufwarten, die „Franziska" und meinen

„Kellerhasen“ eindeutig in den Schatten stellte. Er gehörte vermutlich zu jenen Lehrern, die ihre Schulkinder mit Namen kannten und ansprachen. Dieser Mann verstand sowohl etwas von der „natürlichen Auslese“, vom „Fressen und Gefressenwerden“ – und das nicht nur im Hinblick auf die Gestaltung und Durchführung von Dorffesten – als auch etwas von Gehorsam und Gehorsamsverweigerung, schließlich war das sein Beruf, und so verwundert es, daß dieser einen Hasen, der lebend einer Schlange zum Fraß vorgeworfen hätte werden sollen, vor dem sicheren grausamen Tod bewahrte. Die Lebensrettermedaille, die ihm nach Aussagen der Schulkinder zugestanden wäre, bekam er selbstverständlich nicht, jedoch die entsprechenden Hinweise seitens seiner Mitlehrer, denen die Ausscheidungen dieses Vierbeiners ein Dorn in der Nase zu sein schienen, während sie aber ohne Skrupel dem Laster der Glimmstengel frönten. Ein Glück, daß der „Schulhase“ samt Lebensretter nicht auf den Mund gefallen waren. Das jedenfalls war aus den Berichten des Schulmannes zu entnehmen. Schon jetzt herrsche in der Schule Betrübnis darüber, wenn dieser Hase einmal das Zeitliche segnen würde. Noch sei von Altersschwäche nichts zu merken. Tafel und Schulbänke wären vor ihm nicht sicher. Schultaschen erregten sein besonderes Interesse. Nicht jede mitgebrachte Jause fände sein Wohlgefallen, so stellten Lehrer und Schüler allmählich auf Rohkost um. Nun versuche dieser auch in seiner Hasensprache den Schulkindern klarzumachen, was noch immer den Lehrern Kopfzerbrechen bereite, nämlich, daß man nicht für die Schule, sondern für das Leben lernen würde. So sind es recht eigenartige Dinge, die der „Schulhase“ den Kindern während ihrer Arbeiten einflüsterte, das wollte der Dorfschullehrer noch erwähnt wissen, ehe er sich wieder den festlichen Vergnügungen zuwandte. Zuletzt sprach er noch davon, daß ein solcher Hase auch im zuständigen Ministerium von Nutzen wäre, da er mit so manchen Ratschlägen aufwar-

ten könnte, die dazu angetan gewesen wären, aus der toten Schule wieder eine lebendige zu machen. Aber dieser „Schulhase“ hat die Hoffnung aufgegeben, höheren Orts für seine wundersame Errettung nochmals dienlich sein zu können.
Ich stehe nun abseits vom Festestrubel, dort schießt man keine Hasen, sondern Bilder. In Brieftaschen und auf Schreibtischen werden diese dann ihr Dasein fristen. Auch von den Lämmchen am Spieß wird es welche geben. Zu ihren Lebzeiten hatte man es versäumt, sie auf Bildern einzufangen. Nun ist es zu spät! Auch vom „Kellerhasen“ gibt es kein Bild, wahrscheinlich auch keines von „Franziska“. Ich ertappe mich bei dem Gedanken, nach dem Dorfschullehrer Ausschau zu halten, um ihm nahezulegen, es nicht zu versäumen, zeitgerecht, noch vor dem zu erwartenden Hinscheiden des „Schulhasen“, ein Bild . . . Aber er wäre nicht ein Lehrer gewesen, hätte er mich nicht darüber belehrt, daß ihm nichts ferner läge als das; Lebendiges ließe sich nicht auf tote Bilder bannen, man trüge es im Herzen – sofern man eines hat . . ., so entfernte ich mich vom Festgetümmel, um mich dieser Ansicht zu nähern.

NS: Gegen Mitternacht traf ich mit dem Schulmeisterlein zusammen, als es sich auf bedenklich wackeligen Beinen seinem Fahrzeug näherte. „Der Herr Bürgermeister und der Fischerwirt hätten ihn . . .“, versuchte er eine Erklärung abzugeben. „Klar“, dachte ich, „immer die anderen.“ „Sie haben einen Schwips“, sagte ich dann ungeniert. „Ich habe nicht nur einen Schwips“, gab er zur Antwort, „sondern ich bin beschwipst!“ Ehe ich mir aber über die feinen Unterschiede dieser Aussagen Gedanken machen konnte, stellte er mir drei Fragen: „Haben Sie einen Führerschein? Haben Sie einen Schwips? Haben Sie ein Herz?“ Die erste Frage beantwortete ich mit einem stolzen Ja, die zweite mit einem klaren Nein, und die dritte ließ ich vorsichtshalber unbeantwortet. „An ihren

Früchten sollt ihr sie erkennen", sprach er dann und reichte mir die Autoschlüssel. So fuhr ich mit Matthäus 7, 16 durch die Nacht und überlegte, ob nun der Herr Pfarrer oder der Herr Lehrer neben mir sitzen würde. Es war der Lehrer, denn nun schwatzte er was von „Sein und Haben" – oder „Haben und Sein" daher, und mich ereilte ein Tadel, weil ich „Sein und Schein" verstand, vermutlich, weil ich an den Schein dachte, den mein Nebenan nicht verlieren und den ich wohl wahren wollte, und meine Ansichten über „Soll und Haben", die ich zu einem Gespräch beisteuern konnte, waren auch nicht gefragt, obwohl Lehrer Vorbilder sein sollen. Im Falle meines Nebenan, der zweifellos etwas zu tief ins Glas geblickt hatte, blieben nur Bilder übrig, und daß man solche auch aufhängt, störte den Schulmann gehörig. Als wir ausstiegen, verabschiedete er sich mit den Worten: „Ich habe keine Worte der Dankbarkeit, aber ich bin ihnen dankbar!" – „Soll er sich doch seine Hilfsverben an den Hut stecken", dachte ich mir und trottete verdrossen durch die finstere Nacht nach Hause. Bald aber hielt ein Taxi neben mir. Mir war schleierhaft, woher das so plötzlich gekommen war, aber ich war müde und stieg ein, ohne nachzufragen. Als sich herausstellte, daß diese Fahrt auch schon bezahlt worden war, wurde ich schon etwas hellhöriger, und so hörte ich auch gleich das Telefon läuten, als ich den Haustorschlüssel ansteckte. Ob ich gut nach Hause gekommen wäre, vernahm ich am anderen Ende der Leitung die schon etwas ausgenüchterte Stimme des Dorfschullehrers. Selbigen mußte es aber doch an Logik gemangelt haben, da es schließlich nicht mein Geist war, der den Hörer abhob. Ich aber beschloß, das Kapitel von „Soll", „Haben" und „Sein" ad acta zu legen, doch schon am nächsten Morgen schlug ich es wieder auf. Es waren zwar keine Früchte, die mir da überbracht worden waren, sondern Blumen, aber diesem Strauß waren herzliche Worte des Dankes beigefügt – in schönster Schulschrift, zu welcher ich keine Beziehung habe, was aber nicht heißen soll, daß ich es unangenehm empfände, mit dem Schreiber der Zeilen in Beziehung zu sein!

fux und hos

do is amoi a hos
am föd umadumghopst,
ea woa damisch fidö,
bis ea an fux
daschpecht hot,
daun woa ea neamma fidö,
nua no gaunz damisch,
und fidö woa da fux!
zeast homs fongan gspüt,
da hos und da fux,
oba mitn haknschlogn
hot si da fux schwa daun,
oba dafüa hot si da hos
aunstrengan miassn, daß
eam da fux net nochi kumt!
jedenfois sans amoi sten blim,
und da hos hot mit die löffi zidat.
waßt e, mant da fux,
wos da jetzt bliat?
jo, jo, sogt da hos drauf,
i kaun mas scho denkn,
jetzt hob i nix zlochn,
oba i, locht da fux,
moch kane umstend,
glei is goa!
du fux, mant da hos –
scho a bissl gfosta,

deafat i net vurher
no mei destamend mochn?
destamend? dem fux
vaschlogts die red,
und da hos vasichat
gaunz troiheazig:
i setzat di zan
univasalerbm ei!
da fux freit si,
so rechtmesig hot a
no nia an hosn gfressen,
und in seine dram heat
ea an schuß vom jaga
auf den Hosn, dea wo do
schreibt und schreibt –
sogoa des obkragln kaun
i ma daschpoan, denkt da fux
und moit si aus, wia an jaga
sei hund bled schaut, wei net
ea, da hund, sondan ea, da
fux, den hosn abortiert –
oba net zan jaga zuwi!
da hos is mitn schreim grod
featig, do krochts, und da
hos siacht, wias an fux
damisch dauni draht.
soi i da easte hüfe leistn?
frogt no da hos gaunz dadodat.
nua üba mei leich, mant
da fux – scho hoibats in
die ewign jogdgrind . . .
da hos was net, oba
zletzt no lochn soit,
oba do heat a scho
an jaga sein hund bön,
und da hos gibt gas,
wa zbled, waundn da

hund und da jaga zaumtn
destamend dawischat.
vileicht hot da hos amoi
was gheat von an regn
und ana traufn . . .

MEHRSTIMMIGES

VON GERADEN UND UNGERADEN PINSELSTRICHEN

Alles hat seinen Preis: Farbloses und Buntes, Gestaltetes und Gestaltloses und auch Sinnvolles wie das Sinnlose. Frau Kunterbunt kümmert sich wenig darum, nur Preislosigkeit ist ihr verhaßt. Preisloses hat für sie etwas Schamloses an sich und auch etwas Unberechenbares. Preise sind für sie Maßstäbe, Orientierungspunkte, fehlen diese, entsteht eine Leere, eine Blöße und auch Hilflosigkeit, die Frau Kunterbunt weder aushält und noch weniger billigen kann. Frau Mausgrau, die im Schlepptau der Frau Kunterbunt durch eine Ausstellung wogt, ist da anders, sie findet jegliche Preislosigkeit herrlich, gleichgültig ob es sich um Freibier handelt oder um ganz unnütze Werbegeschenke jeglicher Art. Preislosigkeit bringt nicht nur ihren Geschmackssinn in Wallung, sondern verursacht in ihr auch eine magnetische Anziehungskraft, die sich beim Anblick des Wortes „unverkäuflich“ ins Unermeßliche steigert. Dieses Wörtchen enthebt sie nämlich jeglicher Tastübungen im Geldbeutel und auch davon, eine Entscheidung bezüglich des Erwerbes irgendeines Gutes treffen zu müssen. Nun aber steht sie wie angewurzelt da. Der Menschenstrom, in welchem sie samt Frau Kunterbunt fortbewegt worden ist, gerät ins Stocken, kommt zum Stillstand. Alle Blicke richten sich auf ein Bildnis, und dieses Bildnis ist unverkäuflich. Frau Mausgrau weiß, unverkäufliche Bilder haben so ihre Geheimnisse, und ihnen auf die Spur zu kommen, reizt sie über alle Maßen, auch wenn die

Künstler als ausgequetschte Zitronen auf der Strecke bleiben. Auch Frau Kunterbunts Gesicht hat jetzt etwas Säuerliches an sich. Sie, die Besitzerin einer Unmenge von Bildnissen, denen allen das besondere Prädikat anhaftet, das teuerste Bild einer Ausstellung gewesen zu sein, ist sprachlos – ein Bild berührt sie, und das will bei Frau Kunterbunt etwas heißen, doch es ist unverkäuflich – zur großen Freunde von Frau Mausgrau, die schon auf dem Wege ist, die Ursache der Unverkäuflichkeit in Erfahrung zu bringen.
Frau Kunterbunt ist noch immer sprachlos, und diese Sprachlosigkeit hat keinen Preis, und um keinen Preis rückt der Meister mit einem solchen noch mit einer Erklärung darüber heraus, wie sehr Frau Kunterbunt sich auch bemüht, einen zu machen – den doppelten, den dreifachen, den vielfachen des von ihr selbst vorgeschlagenen, der Meister schüttelt nur den Kopf. Ihm aber schwindelt. Er scheint zu überlegen. Er hat Zeit dazu, sie würden wiederkommen, meinen die Frauenzimmerchen, und der Meister hofft und fürchtet es zugleich.
Des Nachts liegt er wach. Er überlegt, denkt an die Traumreise, ringt mit sich. Sein Blick wandert zu dem Bild. Er hat es mitgenommen, niemand hat es bemerkt. Da stand nun das wunderbare Wesen – verborgen in einer Orchidee, deren Konturen aus einer Unzahl von Blumen gewoben waren – oder gepinselt. Er zweifelt daran, daß die Leute außer den Blumen auch etwas anderes sahen. Vielleicht die Orchidee? Stets wurde er gefragt, welche Blume sich nicht auf diesem Bild befände. Alle Blumen dieser Erde, pflegte er dann zu sagen, gäben sich auf diesem Bild ein Stelldichein. Wie niedergemäht erscheinen sie ihm jetzt. Er würde sie allesamt wieder aufrichten und verdoppeln, wenngleich die verborgene Gestalt ihn ansah, bat und bettelte – umsonst! Er mischt die Farben, es geht alles wie in einem Traum, doch die Pinselhaare sträuben sich. Nun ist ihm, als würde er einem kunterbunten Teufel seine Seele verkaufen. Er

mischt wieder, malt, findet den Farbton nicht, nicht das Rot und nicht auch die Formen der Konturen. Die Herzblume, das Herzstück des Bildes, zerrinnt ihm jetzt, und ein roter Klatschmohn grinst ihm entgegen. Er überpinselt, mischt wieder und leert vor Wut die Farben über seine Arbeit. Er lächelt, beginnt von neuem. Er lacht. Er schüttelt sich vor Lachen. Der Mohn hat ihm den Weg gezeigt, den Ausweg, niemand würde merken, was da ausgetauscht worden war, und seine Seele zeigt sich zufrieden. Es gibt viele Herzblumen, wenn sie nur rot sind. Was macht das aus?
Frau Kunterbunt ist anderen Tags anderer Meinung. Die vorgeschlagene Geldsumme reut sie, sie bereut aber nicht, eine Nacht über diese Bildkaufangelegenheit geschlafen zu haben. Den Meister würdigt sie keines Blikkes, es war alles wie immer, preislose Bilder waren nie ihr Geschmack. Tags zuvor mußte sie wie verhext gewesen sein. Frau Mausgrau kommt später – den Umstand zu prüfen, der ihr von Frau Kunterbunt zugetragen worden ist. Doch da ist der Schreck, der ihr in die Glieder fährt – das Bild ist weg. Ein leerer Fleck gafft sie an, oder sie ihn. Ein entwendetes Bild hat schon so mancher Ausstellung zu einer unvorhergesehenen Anziehungskraft verholfen. Aber Frau Mausgrau gedachte ihrer gestrigen Nachforschungen bezüglich der Unverkäuflichkeit des Bildes und auch der Folgen, die solche schon einmal hatten, wähnte man doch ein als gestohlen gemeldetes in ihrem Besitz, da sie sich verdächtig gemacht hatte. Auf der Stelle machte sie kehrt. Ob Frau Kunterbunt . . .? Ausgeschlossen! Oder doch?
Was Frau Mausgrau nicht wußte, war der Umstand, daß vor ihrem Erscheinen und nach dem der Frau Kunterbunt jemand die Ausstellung betreten hatte, worauf der Meister das unbemerkt von ihm gefälschte Bild entfernte, und das keinesfalls aus Geschäftsinteresse, wie das schon vorgekommen sein soll, um durch Vortäuschung eines Diebstahls Besucher anzulocken.

Was Frau Mausgrau auch nicht wußte, war, daß der Meister Jahr für Jahr, von Ausstellung zu Ausstellung auf das Kommen von jemand gewartet und gehofft hatte, und bei einem abermaligen Besuch fiel niemandem – außer dem Meister selbst und den beiden schon erwähnten Frauenzimmerchen – auf, daß den leeren Fleck nun ein anderes Bild ausfüllte, worauf eine ganz gewöhnliche Mohnblume zu sehen war, die ihr ganz gewöhnliches Rot in die Menge warf, das ganz und gar nicht nach Unverkäuflichkeit aussah. Wer sprach durch diese Blume? Nicht doch die Meisterin des Meisters?
Auf keiner Ausstellung mehr sah man den Mohn, auch nicht die Orchidee, die gefälschte nicht und nicht die unverfälschte . . .

MASKERADE

Da liegen nun verstreut die Stücke:
das Schwert, der Rock und die Perücke,
zum Scherz gebraucht, nun abgelegt –
was sich noch immer fortbewegt,
ist ein Feuer, das verraucht
und als Kater untertaucht.
Träume haben ein Bestreben:
Was vor den Toren abgegeben,
kehrt durch alle Fenster wieder,
reißt die Zwischenmauern nieder,
die so mühsam aufgebaut,
und tritt als Schelm durchs eigene Tor –
der schwarze Kater sitzt davor
und schaut erschrocken an,
wovor er nicht mehr flüchten kann.
Er wähnte die Stücke gut versteckt,
nun hat sie jemand doch entdeckt
und ist damit fidel und munter.
Der schwarze Kater kratzt und pfaucht
und taucht dann schließlich wütend unter . . .

DIE ZAUBERFLÖTE

Da ist Papageno, steinerner Hüter an den Quellen der Musik, in den Armen einer Stadt, seiner Papagena, ein Ereignis bei 12° 54' geographischer Länge und 47° 48' geographischer Breite und ca. 424 Meter über dem Meeresspiegel, was nicht heißen soll, daß Papageno sich am Meer befindet! Keineswegs, durch seine Papagena windet sich ein Fluß, der seinen Namen gewechselt hat zwischen den Zeiten und lebendig ist wie Papagena, die, entsprungen aus Trümmern und Schutt, liebt, wie nur jemand lieben kann, in dem die reinen Töne fließen. Und sie liebt Papageno. Doch er, noch unbehauen und verbunden noch den erdhaften Wesen, hat seine Papagena nie geschaut, wiewohl er dies sich wünschte.
Er hütet sein Glockenspiel und auch die Flöte. Du hast sie mir versprochen, für diese Nacht! Papageno nickt. Ich sitze am Brunnenrand, die Nacht ist schwarz und ohne Klang. Du glaubst an Märchen? Papageno schweigt. Er wartet und wartet. Nicht auf den Froschkönig und auch nicht auf die Prinzessin mit der Erbse. Papagena? frage ich vorsichtig. Papageno ist noch versteinerter als vorhin, aber du hast mir die Flöte versprochen. Papageno nickt abermals. Und sie macht wirklich alles lebendig? Keine Antwort! Du kommst doch mit, frage ich. Er steht da wie ein Storch. Ich horche. Nichts. Oder doch? Er rührt sich. Er reicht mir die Flöte. Ein Märchen, denke ich. Er sieht sich um. Nicht! Komm! Er zögert. Dein Meister feiert Geburtstag. Komm schon. Das

hätte ich nicht sagen sollen. Er ist aufgeregt, wie nur ein Papageno aufgeregt sein kann. Papagena? Er sagt es nicht. Aber in seinen Augen steht es geschrieben. Mozart spricht auf die Flöte an, das läßt sich denken. Während er, zuerst würdig, dann mozärtlich, den Sockel verläßt, ist Papageno entschwunden. Ich erspähe ihn nach oben kletternd. Das Glockenspiel, das hätte ich wissen können. He, rufe ich, komm herunter, du wirst dir den Hals brechen. Er denkt nicht daran. Ratlos stehen wir da, der Mozart und ich. Da entreißt mir der Meister die Flöte, und schon ist Papageno zur Stelle, so einfach ist das. Los, weiter! Die Residenz würdigt der Meister keines Blickes, verständlich. Aber vor dem Dom, da taut er auf. Wen nehmen wir, frage ich ihn angesichts der steinernen Gesellen. Der Papageno ist natürlich für den mit dem Schlüssel, Mozart entscheidet sich für den mit dem Salzfaß. Er hat Geburtstag, er sucht sich die Gäste aus. Papageno mault, schmollt. Ob der tanzen kann? fragt Papageno mit wenig Höflichkeit. Ich suche Leute für das Geburtstagsfest. Verstehst du? Papageno versteht nicht. Auch Mozart scheint nun Bedenken zu haben. Er hat noch immer etwas gegen Bischöfe. Der ist ein Heiliger, sage ich dann. Aber Heilige scheinen für Zauberflöten nicht geschaffen zu sein. Er rührt sich nicht. Ist der fad! Das ist Papageno. Er soll recht behalten. Und du willst ein Heiliger sein? Dann überlegt er sich es doch. Aber er hat einen weltfremden Blick. Fang jetzt bloß nicht zum Stille-Nacht-Singen an oder zum Jedermann-Rufen, es ist weder Christkindlmarkt noch sind Festspiele. Er versteht keinen Spaß, er schaut noch weltfremder drein, und das Salzfaß fällt ihm aus der Hand. Papageno kümmert sich nicht darum. Am besten, ich schicke euch voraus, bedeute ich dem Mozart und dem Vogelfänger, sonst legt der nie seine Scheu ab. Ich komme nach. Der Mozart hat Geburtstag, verstehst du? versuche ich ein Gespräch mit dem hohen Herrn. Er versteht nichts von Geburtstag. Er ist ganz und gar heilig, und das ist nicht

jeder Bischof. Das ist gut so, denn ich habe noch etwas zu erledigen, wozu ich für alle Fälle einen standhaften Kerl brauche. Eine Erweckung, sage ich geheimnisvoll. St. Peter? Rupertus sieht mich fragend an. Ganz recht, dieser Ort sagt ihm etwas. Jetzt scheint er sich auszukennen. Familienzusammenführung, flüstere ich ihm zu und reiche ihm die Flöte. Das Nannerl! Es ist wegen dem Fest. Aber was tut der hohe Herr? Er bläst die Flöte, daß sich die Grabkreuze biegen. He, du, rufe ich ihm zu, piano, piano, du weckst ja alle anderen auf. Und als da das Nannerl ganz putzmunter von unterst zu oberst kommt, läßt er vor Schreck wieder das Salzfaß fallen. Das ist ein Lärm! Ich bringe ihn wieder zum Dom, und das Nannerl ist schon auf Brudersuche.
Auf der Brücke über dem Fluß schließt der Amadeus sein Schwesterherz in die Arme, und dieses hört ganz laut das Bruderherz schlagen. Wir gehen weiter. Papageno sucht hinter jedem Häusereck seine Papagena. Auf nach St. Sebastian. Bei Mozarts Herrn Vater fange ich zu blasen an, der ist musikalisch, das merke ich gleich. Er macht seinem Sohn einen Kontrapunkt auf die Nasenspitze, während das Stanzerl erscheint, und der Wolf Dietrich kann es auch kaum erwarten, ins Schloß zu kommen. Er hört Mirabell, und schon ist er weg. Ich höre ihn gerade noch: Mir nach! rufen. Jetzt noch der Paracelsus, da bedenke ich die Dosis und blase so homöopathisch, daß es homöopathischer nicht mehr geht. Das habe ich davon, denke ich dann. Vor jeder Apotheke bleibt er stehen. Kannst du tanzen? frage ich. Aber er hat nur die Kräuter im Kopf. Paracelsus, sage ich, die Zeiten haben sich geändert. Er aber bedeutet mir, sich nicht erinnern zu können, mit mir jemals Bruderschaft getrunken zu haben. Dem könnten wir abhelfen. Los, nach Mirabell, das Fest! Das muß ein Reizwort für ihn gewesen sein. Schon gut, sage ich, und suche eine Apotheke mit Nachtdienst. Dort setze ich ihn ab, und er ist zufrieden. Vom Nachkommen hält er nicht viel. Aber wer weiß?

Nun noch Freisaal, der Paris Lodron. Die Zeit läuft mir davon, die anderen sind schon an Ort und Stelle, ich friere, ich schlottere, das macht auf den plattgedrückten Herrn keinen guten Eindruck. Taub scheint er auch zu sein. Diese Bischöfe! Nimm dir ein Beispiel an dem Wolf Dietrich, das wirkt. Nun schleppe ich ihn über den Berg. Bei jedem Wappen bleibt er stehen. Sei nicht so eitel, du bist doch ein Bischof, oder? Ganz außer Atem treffen wir dann doch mit den anderen zusammen. Papageno spielt im Irrgarten Verstecken. Das Schloß ist hell erleuchtet. Die Flöte gebe ich den Mozarts, mochten sie nun lebendig machen, wen sie wollten, von den Engeln auf der marmornen Stiege angefangen!

Wo ich den Paracelsus gelassen hätte, fragt man. Der ist Vegetarier und Antialkoholiker, und tanzen kann er auch nicht. Nun läuft alles schief. Die Geburtstagstorte fehlt. Die Herren Erzbischöfe streiten sich über die Reihenfolge der Tischreden und Speisen. Die Zwerge lärmen, daran ist Papageno schuld. Die Mozarts singen von der namenlosen Freude. Die vergeht ihnen bald, weil ihnen der Wolfgang sagt, daß diese Weise ausnahmsweise nicht von ihm stammt. Und der Papageno rutscht in beethövischer Freude die Engelsstiege hinunter. So sind die Wacheorgane hellwach.

Ich habe den Paracelsus in Verdacht, der hat geplaudert. Und plauderte, plauderte, äfft Papageno, und das war schlecht, nun geschieht es uns ganz recht. Und die Wacheorgane bewegen sich langsam, aber sicher auf das Schloß zu. Wie erklärt man Leuten aus der Unterwelt, die an die Oberwelt gekommen sind, und solchen, die Stein und Bein gewesen sind, daß sie sich schleunen müssen? Zeitbegriffe haben die überhaupt keine, und mit der Ausdauer hapert es auch gewaltig. Die Sirenen halten sie für die Posaunen des Weltgerichts, jetzt schließen sie Augen und Ohren und stolpern über ihre Füße und Gewänder. Das Flötenfortissimo überhören sie, kaum zu schaffen, sie zeitgerecht am rechten Ort abzuliefern. Dann die Abschiedsszenen – und die Wacheorgane noch immer hinter uns her. Ende gut, alles gut, ich atme auf.

Papageno, wie ein Storch steht er wieder da inmitten seiner Vogelschar. Papagena wäre zum Fest gekommen. Er glaubt es. Spitzbube, denke ich, du hättest sie nicht erkannt, noch nicht ... Glaubst du an Märchen? Wer fragt das? Der Tag hebt an, und die Nebel steigen aus dem Fluß und hüllen alles ringsherum in Schweigen. Die Flöte behalte ich mir noch. Morgen ist auch noch eine Nacht, denke ich, während ein Windhauch sanft durch Papagenos Glöckchen fährt ...

FRÜHLINGSPLATTERBSE

Warum ist denn dein Blatt so platt?
das fragt die Frühlingsknotenblume
ein Blümchen, das das Fragen satt,
weil es zu seinem Eigentume
so viele platte Blätter hat.

Und auch das Buschwindröschen neckt
zuweilen dieses Blumenkind,
das seinen bunten Schopf versteckt,
den ihm die andern neidig sind,
da er das Herz der Falter weckt.

O diese Hahnenfußverwandten
mit ihren weiten Buschwindröckchen!
O diese Zwiebelblumentanten
mit ihren sanften Unschuldsglöckchen,
die mich zum Blumenschreck verdammten!

Es neiden mir die weißen Köpfchen
mein edles Schmetterlingsgeblüt
in meinem bunten Blumenschöpfchen –
o Himmel, sei um sie bemüht
und leere aus dein Farbentöpfchen,

dann gäb' es keinen Blumenneid!
Nun neigen sich die Glockenkrönchen
in hell betupfter Dankbarkeit,
und 's goldgetupfte Buschwindsönnchen
umarmt das Erbsplattblumenkleid.

DER MICHAELIKÄFER

Es war einmal ein kleiner roter Käfer. Er war so rot wie die Kirschen auf dem Baum und die Erdbeeren im Garten. Er hatte weiße Pünktchen auf seinem Rücken, damit man ihn nicht für eine Erdbeere oder eine Kirsche halten konnte. Aber er hatte keinen Namen. Darüber war er traurig. Und die Marienkäfer, die schwarze Punkte auf ihren Rücken hatten, wollten ihn nicht bei sich haben. Sie lachten ihn wegen seiner weißen Punkte immer aus.

So hielt sich der rote Käfer am Tag versteckt. Am Abend krabbelte er zu den Menschen. Vielleicht wußten diese, wie er hieß und warum er weiße Punkte auf seinem Rükken hatte. Doch die Menschen verstanden die Käfersprache nicht, und der Käfer verstand die Menschensprache nicht. Eines Abends, in den hellen Sommernächten, traf der Käfer leuchtende Pünktchen an, die in den Sträuchern hockten oder über den Wiesen auf und ab tanzten. „Guten Abend", sagte der Käfer, „wer seid ihr? Ihr seht aus wie Würmchen, wie glühende Würmchen! Habt ihr denn auch einen Namen?" Da kicherten die tanzenden Würmchen und flogen um den roten Käfer herum. Sie leuchteten ihn an und fragten ihn dann, warum er weiße Pünktchen auf seinen Flügeln habe. So einen merkwürdigen Marienkäfer hätten sie noch nie gesehen. Da schämte sich der Käfer und flog schnell wieder davon.

Als er dann endlich vor Kummer einschlief, träumte er von einem großen Käfer, der ihm nachrannte und ihn in seine Flügel zwickte. Vor Schreck wachte der Käfer auf und schaute umher, doch er konnte keinen Käfer sehen. Dann flog er wieder zu den leuchtenden Käferchen. Diese freuten sich sehr, daß er wieder gekommen war. Er durfte ihnen seinen Traum erzählen. Und sie sagten ihm, daß sie Johanniskäfer genannt würden. „Johanniskäfer?" staunte der namenlose Käfer. „Wer hat euch diesen Namen gegeben?" fragte er dann. Und der rote Käfer erfuhr, daß ihnen die Menschen diesen Namen gegeben hatten, und daß ihr Name in den Kalendern der Menschen stehe. „Warum?" wollte der rote Käfer wissen. „Ganz einfach", erklärten ihm die tanzenden Käfer, „das ist der Tag, wo wir zu leuchten und zu tanzen beginnen." „Aber die Menschen schauen euch gar nicht zu", meinte da der rote Käfer. „Sieh nur, wer dort am Fenster steht!" riefen da die Johanniskäfer ihm zu.

Der rote Käfer staunte. Am Fenster stand ein kleines blondes Mädchen und drückte sich am Fenster die Nase platt. Sogleich flog der Käfer auf das Fensterglas, doch das Mädchen bemerkte ihn nicht. In der Dunkelheit war er nicht zu sehen. Da war der Käfer wieder traurig, flog fort und legte sich schlafen. Und wieder träumt er vom Zwickzwackkäfer, doch diesmal erwischte ihn der Käfer nicht, denn der rote Käfer flog davon. Als er erwachte, war heller Tag. Die Leuchtkäferchen waren fort, und das kleine blonde Mädchen stand nicht am Fenster. Nur die Marienkäfer waren da und neckten ihn wegen seiner weißen Pünktchen. „Nun, hast du schon einen Namen?" fragten sie ihn immer wieder. Da sagte der rote Käfer ganz trotzig: „Ich bin der Zwickzwackkäfer!" Da staunten die Marienkäfer. Dann aber überlegten sie: „Der Zwickzwackkäfer willst du sein? Wie willst du uns wohl zwicken?" Sie spotteten, und der Käfer krabbelte fort.

Am Abend flog er auf die Fensterscheibe, wo er zuletzt das kleine blonde Mädchen gesehen hatte. Neugierig schaute er in das Zimmer und sah, daß das Mädchen im Bette lag. Eine Frau las aus einem großen dicken Buch vor. Er konnte nicht verstehen, was die Frau sagte. Plötzlich rieb sich das Mädchen die Augen, und dann schlief es ein. Der Käfer pochte an das Fenster, aber das Mädchen hörte nichts. Er sah sich nach den Johanniskäfern um, doch diese waren verschwunden. Aber plötzlich entdeckte er neben sich den Zwickzwackkäfer, von dem er geträumt hatte. Der rote Käfer rieb sich die Augen und wollte vor Schreck wegfliegen. Aber der Käfer war sehr freundlich zu ihm. Er zwickte ihn nicht. Er tröstete den roten Käfer wegen seiner weißen Punkte und erzählte ihm, daß er der Käfer sei, der auf die schlafenden Käfer achte. „Du paßt auf die schlafenden Käfer auf?" wunderte sich der rote Käfer. „Ja", sagte dieser, „das tue ich, und damit ich weiß, daß die Käfer wirklich schlafen und damit sie auch etwas Schönes träumen, zwicke ich sie ein wenig." Dann zwickte er den roten Käfer, und sogleich schlief er auf dem Fensterbrett ein. Er schlief so tief und fest, daß er gar nicht merkte, wie ihn das blonde Mädchen in seine kleine Hand nahm. Als er erwachte, wußte er nicht, wo er war. Er spreizte die Flügel, um wegzufliegen. Da wurde es finster um ihn, denn das Mädchen schloß blitzschnell die Hand. „Flieg nicht fort, du bist ein so schöner Käfer", hörte er eine Stimme flüstern. Und langsam öffnete das Mädchen die Hand. „Aber, aber", stotterte der Käfer, „ich habe gar keinen Namen!" „Keinen Namen", wunderte sich das Mädchen. „Ich gebe dir meinen Namen! Ich schenke ihn dir, nimm ihn!" „Wirklich?" fragte ungläubig der rote Käfer und wunderte sich, daß das Mädchen die Käfersprache verstand und er die Menschensprache verstehen konnte. „Wer bin ich nun?" wollte der Käfer wissen. „Du bist der Michaelikäfer!" antwortete es. Da war dem roten Käfer ganz wohl ums Herz, und er erzählte von den Marienkäfern und den Leuchtkäfern und dem Zwickzwackkäfer. Und von dem blonden Mädchen erfuhr er eine Geschichte aus dem großen dicken Buch: die Geschichte vom Sandmännchen, das zu den kleinen Kindern kommt, damit sie einschlafen. Die Geschichte vom kleinen roten Käfer mit den weißen Pünktchen steht noch nicht drinnen. Ihr, liebe Kinder, kennt sie nun. Erzählt sie weiter! Nur ihr wißt, daß es Michaela war, das kleine blonde Mädchen, das dem Käfer mit den weißen Punkten auf den roten Flügeln ihren Namen geschenkt hat. Ihr habt noch keinen solchen Käfer gesehen? Oh, dann müßt ihr ihn suchen gehen . . .

HEREINSPAZIERT

Ein Rabe klingelt im Birkenlaub,
die Birke aber stellt sich taub
und tut, als wär' sie nicht zu Haus.
Das hält kein schwarzer Rabe aus,
so wird aus ihm ein bunter Specht.
Die Birke weiß, daß der nicht echt,
und heißt ihn, höflich anzuklopfen,
um dann sein loses Maul zu stopfen.
Doch dieser Rabe gibt nicht nach
und macht als Sperling Riesenkrach,
was auch die Birke nicht entzückt.
Sie denkt, der ist nun ganz verrückt,
und schüttelt ihn von ihrem Ast,
was nun dem Raben gar nicht paßt.
Er zieht es vor, davonzufliegen,
statt sich im Birkenbaum zu wiegen.
Doch bald besetzen neue Gäste
recht munter alle Birkenäste,
doch diesmal nicht so rabenschwarz,
sondern honiggelb wie Harz,
und klingeln an im Birkenlaub.
Da stellt die Birke sich nicht taub,
da ist rein gar nichts, was sie stört,
so wird das Klingeln auch erhört.

KILI

Ich bin Kili, ich bin Herr über so viele Krautköpfe, wie Sterne am Himmel sind – fast so viele Krautköpfe. Unter diesem Himmel mit Sonne, Mond und Sternen steht mein Krautwächterhäuschen, rundherum sind die großen Hügel mit den Kräutköpfen, und darüber wache ich – und auch eine Burg. Die Burg schaut auf mich und die Krautköpfe, und auch darauf, daß keine Löwen kommen. Ich weiß, daß keine kommen, um die Krautköpfe zu fressen, aber Blöki, das blaue Lamm, das jetzt auf meiner Ofenbank eingeschlafen ist, glaubt das. Schade, daß man seine lammblauen Augen nicht sehen kann. Aber morgen, wenn die Sonne durch meine kleinen Fensterchen blinzelt, blinzelt auch das Lämmchen, ehe es die schon erwähnten lammblauen Augen aufschlägt und Bim, meinem Esel, damit in seine eselbraunen Augen blickt. Und Bim, mein guter Esel, zeigt dem Lämmchen dann mit seinen Ohren, wie spät es ist. Jetzt gehen seine Ohren ruhelos auf und ab, weil er es nicht leiden kann, daß ich schreibe und daß das Blöki, mein Lamm, schon eingeschlafen ist, während er noch wacht. Esel können ganz schön anstrengend sein, noch anstrengender als Schafe. Bim, sage ich dann, ich weiß, heute nacht kommen die Löwen, da müssen wir nach draußen, um sie zu verjagen, und du, Bim, mußt mich beschützen. Ich weiß, ich weiß, das zeigen seine Ohren an, so lege ich die Feder weg. Mein Esel steht schon an der Türe und scharrt mit den Hufen. Gestern waren es die Elefanten, die kommen sollten, um die Krautköpfe zu fressen, morgen werden es die Tiger sein. Aber heute, heute ist der Löwentag. Aber während ich über die Krauthügel sehe und prüfe, ob sich wohl nichts rührt, entwischt mir mein Esel. Ich habe vergessen zu erwähnen, daß ganz in der Nähe meines Häuschens auch ein Schloß steht, dorthin dürfte Bim vermutlich getrabt sein, denn dort haust seine Asella, das ist seine Freundin. Jede Woche muß ich dort Krautköpfe abliefern, und einmal, da hat sich mein Esel unsterblich in Asella verliebt. Aber er kommt schon wieder zurück. Asella schläft schon, denke ich, und Bim berichtet mir, er hätte nirgends Löwen gesehen. Ich kraule ihn hinter den Ohren. Siehst du, Bim, die Löwen sind schon wieder nicht gekommen, aber die Hasen. Und Bim ist hinter ihnen her, und ich mit einem langen Stock. Bim schreit ganz laut, und husch, sind sie alle weg. Zuletzt hätte ich Bims Ohren für die eines Hasen gehalten, da war er ganz beleidigt. Blöki ist von Bims Gebrüll erwacht, und er hat ihm nun erzählt, daß die Löwen gebrüllt hätten, und er hätte ihnen gezeigt, daß er auch so brüllen könne wie sie. Was sind Löwen? fragt Blöki zum soundsovielten Male. Und Bim erklärt es ihm geduldig immer wieder, wie es die Art der Esel ist: Sie blöken nicht, sie bellen nicht, sie wiehern nicht, sie krähen nicht und sie miauen nicht. Blöki gibt sich zufrieden. Jetzt schlafen sie beide, und ich kann noch schreiben, bis die Kerze heruntergebrannt ist. Morgen, wenn ich mit Bim die Krautköpfe auf die Burg bringe, bekomme ich wieder Kerzen geschenkt. Bim zieht das Wägelchen, der Weg zur Burg hinauf ist steil, und manchmal muß ich hinten anschieben. Bim wird die Kanonenkugeln wieder für Roßknödel halten und sie beschnuppern. Ganz oben auf der Burg kann man das Schloß sehen, wo Asella wohnt. Übermorgen ist der Elefantentag, Bim frißt da immer eine ganze Menge, denn, so sagt er, da müsse er ganz stark sein, wenn diese Tiere kommen. Und Blöki wird wieder fragen: Was sind Elefanten? Sie

wiehern nicht, sie grunzen nicht, sie ... werden wir antworten. Und Blöki wird lammfromm zuhören, obwohl es alles schon auswendig weiß, und dann lammwild werden, weil sie etwas Neues über sie erfahren möchte. Dann werde ich ihm sagen: Sie haben keine Pfoten, keine Schnauze, keine Hörner und keine Mähne, und Blöki wird zufrieden sein. Bim liebt den Elefantentag, da träumt er, denn tags zuvor, da ist der Tigertag, und da werden die Krautköpfe ins Schloß gebracht, und Bim darf aus dem Schloßteich trinken und mit Asella grasen. Er wird ihr erzählen, daß auf der Burg Eselmist gestapelt wird, obwohl er längst weiß, daß das Kanonenkugeln sind. Aber damit würde er nur seine Asella erschrecken. Das will mein Esel aber nicht. So wird er seiner Eselin wieder zuflüstern, daß sie die schönsten Ohren hätte weit und breit. Und bevor ich mit Bim vor die Türe trete, wird Blöki, das blaue Lamm, fragen: Was sind Tiger? Und es wird dann selbst antworten: Nicht wahr, wird es dann sagen: Sie haben keine Stoßzähne, sie gackern nicht, sie fressen keine Würmer wie die Fische im Schloßteich. Bim und ich werden dann fragen: Blöki, woher weißt du das? Und dann wird es sagen: Ich will euch nicht mehr fragen, ich will euch nicht mehr glauben, ich will einen Tiger sehen! Heute werden sie kommen, wird Bim sagen. Und du, das sage dann ich, du wirst sie verscheuchen, du ganz alleine, und Bim wacht beim Häuschen. Und Blöki, mein blaues Lämmchen, wird zittern am ganzen Leibe und tapfer nach draußen gehen, wenn die Sonne untergegangen ist. Und später dann wird es Bim erzählen, daß es sie gesehen hätte, die Tiger, und fortgejagt, und sie hätten keine Stoßzähne gehabt und nicht gegackert, aber sie hätten furchtbar gekratzt und gepfaucht, und die Augen hätten in der Finsternis geleuchtet. Und Bim wird wieder ernstvoll nicken und sagen, daß er gehört hätte, wie es furchtlos „meh", „meh" schrie, was wohl diese wilden Tiere in die Flucht schlug. Meine Kerze wird nun bald verlöschen. Wenn es überall ringsum finster ist, schaue ich noch einmal vor das Haus, auf meine Krautköpfe und dann zum Himmel. Dort lese ich ab, wann die Elefanten-, Tiger- und Löwentage vorbei sein werden. Dann wird auch mein Krautkopfhügel leer sein, und Blöki und Bim werden traurig sein, weil ich wieder zur Schule muß. Wenn aber der erste Schnee fällt, tollen und rutschen die beiden über den Hügel und spielen Löwe, Tiger und Elefant. Aber immer kommt der Tag, wo es nach Erde duftet, nach frischer umgebrochener Erde. Und da ist Bim kein gewöhnlicher Esel mehr, und Blöki kein gewöhnliches Lamm, und ich, ich bin nicht mehr Kili, ein ganz gewöhnlicher Bub, der schon lesen und schreiben und rechnen kann, nein, ich bin dann wieder Herr über so viele Krautköpfe, wie es Sterne am Himmel gibt – fast so viele, wenn ich richtig gerechnet habe . . .

SCHACHBALLADE

Rosse, Türme, Läufer!
Ein König ist umstellt,
umzingelt sein Gefolge!
Und Aug' in Auge stehen:
die eine und die andre Dame
und Zahn um Zahn, der weiße
und der schwarze Mann –

Schach!

Bewegung in den Reihen,
ein Läufer stiehlt sich fort,
ein Bauer fällt, ein Feld
wird leer – die Mauern der Bauern
sind aufgebrochen, und
ein Turm zieht ins Gefecht,
bevor die Rosse springen.
Die schwarze Dame ist
nicht mehr, ein weißer Läufer
geht mit ihr, der schwarze
König steht allein.

Die Türme sind am Zug, doch weit,
da traben die weißen Rosse daher,
und auch die weiße Dame kommt an,
sie winkt ihren Läufer zu sich heran,
da zwängt sich ein Bauer dazwischen im Sturm,
nun lehnt er draußen still – am stillen
schwarzen Turm, ein König ist

gerettet –
wie lange,
wie lange?

Dann banges Treiben um den einen
König wieder, denn schwarze Rosse
leeren springend im Gespanne
Feld um Felder, doch die Dame,
die weiße, sie ist da, und sie
ist dort, und fort springt das Roß, und fort
schwingt der Läufer sich vom feindlichen Ort.

Die Bauern erschauern, der Feinde viele
feinden den schwarzen König an,
der zieht gelassen noch ins Feld,
er kann nicht fallen, nun schlägt er zurück
und bäumt sich auf und mit ihm sein Roß
und sein Turm zum Sturm auf alles Weiße.

Lange Schatten fallen dann
den schwarzen König von beiden weißen
Türmen an –

Schach!

Da wendet sich das Blatt,
der König weiß nun keinen Rat,
denn nichts und niemand kann ihn mehr verbergen,
er steht bloß und still –

Matt!

HERZBUBE

Der Waggon Nr. 312 stand nicht im Fahrplan, auch nicht das Abteil Nr. 67, die Nonne nicht, und auch nicht Enrico. Sonst ging alles nach Plan – von Station zu Station. Einer planmäßigen Ankunft stand nichts im Wege. Wohl aber der Nonne das Licht. Enrico schaltete es aus. Dann das Licht von draußen. Enrico zog die Vorhänge zu. Dann meine Beine. Ich zog sie ein, und die Nonne schlief.

Enrico wechselt den Platz, setzt sich zu mir. Die Kopfhörer hat er abgelegt, auch seinen Namen. Erich heiße er eigentlich, sagt er in die Notbeleuchtung hinein, Enrico werde er genannt. Er trägt Jeans. Im Dienst trage er Smoking, berichtet er und vieles noch. Wir sitzen in Fahrtrichtung, die Nonne dagegen. Enrico ist außer Dienst und geht mit mir die Nächte durch. Mit der heutigen fängt er an. Er fährt durch sie hindurch, planlos, doch planmäßig bleibt er immer wieder stehen. Die Nonne rührt sich im Schlaf. Eine Nacht ist wie jede andere, sagt er schließlich. Ohne Ausnahme? frage ich. Ohne Ausnahme! meint er und fragt und fragt und fragt. Zuvor erfahre ich vom Kartenspiel mit dem Koch in einer Nacht, wo viele wachen – einer Ankunft wegen. Ich frage nicht, ich antworte nicht, so geht er hinaus. Die Tür zum Abteil schließt er behutsam zu. Ich weiß, daß er raucht, daß er spielt, daß er zur Arbeit fährt und von zu Hause kommt. Von welch einem Zuhause . . . Woher komme ich? Und die Nonne? Wohin fahren wir? Die

Ankunft hätte nie stattgefunden, und sie würde nie stattfinden, niemals . . . Hat Enrico das gesagt?
Er kommt wieder. Es gibt keine besondere Nacht, er meint es ernst. Herzbube, denke ich, wo war deine Mutter? Herzbube, denke ich, wo war dein Vater? Er wird immer spielen, versichert er, in allen Nächten, es geht um nichts. Es geht nie um etwas. Herzbuben, denke ich, sie werden geboren und gestorben. Die Nonne fühlt sich im Schlaf gestört. Schläft sie auch wirklich? Wüßte sie Antwort? Enrico hat Fragen gestellt. Er spricht nun leiser, er setzt alles auf eine Karte, denn er weiß, ich werde aussteigen, früher als er. Es ist alles unwichtig, meint er wieder und wieder, denn es gäbe ihn nicht. Er wartet auf Antwort, und die Notbremse spiegelt gespenstisch sich im roten Notlicht wider. Herzbuben lassen sich ausspielen, Nacht für Nacht . . .
Wer spielt gegen wen? Wer verliert gegen wen? Wer gewinnt? Es gibt keine Verlierer! Wer sagt das? Die Nonne? Es geht nicht um die Herzdame, es geht um den König! Ist das meine Antwort? Auch Könige werden geboren und gestorben. Nach Fahrplan? Die Nonne wird unruhig. Das Licht geht an. Der Zug hält. Jemand betritt das Abteil. Planmäßig fährt der Zug wieder ab. Irgendwann steige ich aus, gehe den Zug entlang. Jede Nacht ist wie die andere, denke ich und atme kühle Luft. In den Abteilen brennt Licht. Eines ist dunkel. Vor diesem bleibe ich stehen. Enrico hat den Vorhang zur Seite geschoben und winkt, ich winke zurück. Dann fährt der Zug wieder fahrplanmäßig ab.
Planmäßig überkommt mich auch der Schlaf – für den Rest der Nacht. Sie fahren noch immer, denke ich, als ich im Traum die Karten mische. Spiele den Herzbuben aus, befiehlt jemand. Den Herzbuben ausspielen, schreien nun alle durcheinander – der Koch, die Nonne, der Schaffner, auch Leute sind dabei, die ich noch nie gesehen habe. Nein, nein, rufe ich, er trägt Jeans, keinen Smoking. Wo ist die Herzdame? fragt jemand. Du bist

sie, sagt Enrico sanft. Ich bin es nicht, wehre ich mich und trommle mit meinen Fäusten gegen seine Brust. Aber ich treffe nicht sein Herz, ich treffe den Zug und den Fahrplan. Die Kopfhörer, die Kopfhörer hat er vergessen, ich melde das beim Schaffner. Der Schaffner glaubt mir nicht. Er hört mich nicht an. Er trägt Enricos Smoking. Er hat auf den Koch vergessen, die Nonne redet im Schlaf. Es geht um den König, nicht um den Koch, will ich erklären. Aber niemand hört mir zu. Auch nicht die Nonne, doch wieder hält sie die Karten mir entgegen. Ich will diese Karten nicht, sage ich abermals, und ich will sie nicht mischen, für niemanden. Man hat kein Erbarmen mit mir, auch nicht die Nonne. Den ungeborenen König, jammert sie, man hat ihn umgebracht. Nein, nein, rufe ich dazwischen, er lebt. Er ist tot, sagen die Karten, und der Herzbube nimmt sie an sich. Er ist tot, sagt dann auch er. Aber du kennst ihn doch gar nicht, sage ich zu ihm. Ich bin Enrico, sagt er dann, aber ich heiße Erich. Ich weiß, ich weiß, sage ich, aber du mußt ihn kennenlernen. Es ist doch alles nur ein Spiel, sagt er lächelnd. Nein, nein, sage ich, es ist ernst. Wie ernst, fragt er. Sehr ernst, sage ich. Ich suche nicht die Dame, ich suche den König! Ich weiß, sage ich. Aber der König ist tot, sagt er wieder. Es lebe der König, ruft die Nonne aus. Du mußt ihn finden, sage ich zu Enrico. Den toten König? Enrico schüttelt müde den Kopf. Vielleicht sucht er dich? sage ich dann. Der tote König? fragt Enrico und läßt die Karten fallen. War das die Antwort? Das Spiel ist aus, denke ich. Da höre ich Enrico von weit her sagen: Wenn er mich findet, spiele ich nie mehr wieder. Dann wird es Tag!
Sie fahren noch immer, denke ich nach kurzem Schlaf. Auch die Sonne hält den Fahrplan ein. Wenn Enrico wieder die Vorhänge zur Seite schöbe, denke ich, schiene sie mitten in das Abteil Nr. 67 im Waggon Nr. 312. Der Zug hätte Verspätung, denke ich dann, zöge jemand die Notbremse, um auszusteigen – außer Fahrplan, um umzusteigen irgendwann nach irgendwohin . . .

LEHRFORMELN

Für die kleine Weile war er mein Sohn, als das Wasser den braunen Bubenhals entlanglief, als ich sein Hemd zuknöpfte und den dunklen Lockenschopf zurechtbürstete. Wir hatten verschlafen, und nun schnell! Es geht um viel – aber du schaffst es! Die Stadt war groß und fremd. Der Tag verlief sich zwischen den hohen Häusern, und die Hitze lastete über allem, hinter die Schloßmauern fand sie nicht.
Unter jungen Schritten knirschte der Kies. Auch mein Schritt war dabei, immer hinter den anderen her. Ich zählte, daß keiner fehlte. Und der, der fehlte, da er sein Wissen beweisen mußte, war auch wieder darunter – mit dem Frohsinn des jungen Blutes, das bestanden hatte. Er macht aus allem etwas, dachte ich, während ich in Gedanken seine Arbeiten durchging, an einer Heftseite blieb ich hängen – da war seine unverkennbare Handschrift, und diese zerlegte Fischskelette in Schwanzflosse, Kopf und Grätenbrücke, eine Meditation über die Reise eines Fisches im Uhrzeigersinn. Er findet immer die Formel, dachte ich damals. Ich denke es auch jetzt – und an hohe Mauern, hinter welchen er büßt unter einer sengenden Sonne. Nicht jede Brücke trägt.
Sieben Jahre gegen den Uhrzeigersinn – ist das der Preis, schwimmt man gegen den Strom, und setzt man in falsche Formeln ein? Ich stelle die Zeitrechnung zurück – siebzehn Jahre im Uhrzeigersinn! Und braune Augen werden blau, aus dunklen Haaren werden helle. Der Na-

me ist schon in Stein gemeißelt. Und die Großstadt ist dunkel, und die Kälte findet überall hin. Nirgends ein Kies, und die jungen Schritte frieren überall an. Auch mein Schritt ist dabei, immer hinter den anderen her. Und ich zähle, daß niemand fehle. Und plötzlich neben mir ein junger Schritt, den ich längst in Licht und Wärme wähnte wie die anderen auch. Man verzählt sich zuweilen, doch ich frage nicht, und für die kleine Weile vom Dunkel zum Licht ist er mein Sohn und auch dann, nach dem großen Schritt und nach dem großen Schnitt, den Rippen entlang. Er zeigte die Wunde, die heilte, unter dem weißen Hemd und mit dem Frohsinn des jungen Blutes. Die, die nicht mehr heilte, zeigte er nicht. Und gräßlich stieg der Rauch aus dem gräßlichen Haus. Und alle waren sie meine Kinder – für die kurze Weile, als sich das Tor schloß und die jungen Schritte um mich her waren – verschreckten Schafen gleich. Ich habe nicht mehr gezählt, ich wußte, daß einer fehlte, und in Gedanken suchte ich nach den Heften und blätterte nach seinen Formeln. Er hat sie gefunden, dachte ich dann, er hat in sie eingesetzt, dachten dann alle, denn da war die Handschrift von den tintenblauen Augen, die schon zu Lebzeiten uns wissen ließ, welche Schritte er zu tun gedächte, wäre er unsichtbar. So war der Schritt, den ich im kalten Dunkel wähnte, wieder mitten unter uns, obwohl ich nicht zählte.

Mehr und mehr entfernen sich die jungen Schritte und gehen ihre Wege. Zuweilen fängt das Netzwerk sicherer Formeln sie auf, daß sie nicht stranden im Strom der Zeit, wenn die Lebenszeiger der jungen Uhren krumme Bahnen kreuzen oder wenn sie zum Stillstand zu kommen drohen im Ansturm schicksalshafter Fügungen.

GRÜN IST DIE HEIDE

Wenn die Kühe Kaugummi kauen,
werden sie von Allesfressern gemolken,
die dort weiden,
wo sie nicht verdauen,
denn grün ist die Weide, und Butterbrot
fressen die Schweine im Abendrot
mildtätiger Sonnen, wo die Weide so grün
und die Almhütten blühn nach
behördlicher Genehmigung und in
Übereinstimmung mit der Futterverwertung
in den Verdauungsprodukten der
allesfressenden Wiederkäuer.

Zum standesgemäßen Almabtrieb –
Kuhfladenimport von dort,
wo zollfrei die Hubschrauber kreisen
über Kühen, die Kaugummi kauen
auf ihrem letzten Weg dorthin,
wo die Weiden so herrlich
giftig grün . . .

DER STRANDWÄCHTER

Herr über einundzwanzig Olivenbäume, über zwölf Eukalyptusbäume, über viele Quadratmeter Wiese, über ungezählte Sonnenschirme, Strandliegen und Badetücher, das ist Spyriton – im Schatten des Grandhotels mit den Gästen, die ihm zu Füßen liegen – eben wegen der Schirme, Liegen und Tücher, die Spyriton zu vergeben hat. Spyriton ist auch Herr über ungezählte Meter Strand, den er von Strandgut säubert, und über eine Hütte, in welcher die zu vergebenden Gegenstände aufbewahrt sind – nebst seinem Hütchen, das Spyriton im Dienst auf dem Kopfe trägt und das einer Kapitänsmütze zum Verwechseln ähnlich sieht, denn Spyriton ist auch, das ist noch nicht erwähnt worden, Herr über einige Boote, die unweit seiner Hütte vor Anker liegen.

Unweit des Strandes, ungefähr an die dreihundert Schritte entfernt, ist noch eine Hütte zu bemerken, dortselbst wohnt Spyritons einziger und bester Freund Dimitri, der, wenn er nicht in dieser erwähnten Hütte anwesend ist, den Gästen im Hotel die Koffer trägt. In dieser zuletzt erwähnten Hütte verbrachten Spyriton, der Strandwächter, und Dimitri, der Kofferträger, die arbeitsfreie Zeit bei Trunk und Kartenspiel. Dimitri besaß überdies ein Fischerboot, das eher einem Reisekoffer glich in seiner Form, worauf Spyriton stets anzuspielen pflegte und worüber Dimitri sich immerzu ärgerte, wenn sie mit diesem „Schiffskoffer" in See stachen und die neuesten Geschichten über die Gäste des Hotels zum besten gaben.

Dimitri bekam die Neuankömmlinge stets zuerst, bei deren Ankunft, zu Gesicht. Spyritons Dienste wurden meist erst Stunden, oft auch Tage später in Anspruch genommen. Das letzte Wort hatte wieder Dimitri, der bei der Abreise gute Heimfahrt wünschte – mit und ohne Trinkgeld. Dimitri war genügsam, das Geld reichte für seine Ansprüche. Spyriton hatte eine Familie in den Bergen, dort verbrachte er die Zeit des Winters, und dorthin brachte er den Lohn des Sommers. Das Trinkgeld aber verwendete er für sich. Wie er dies tat, war Dimitri, seinem Freund, ein Dorn im Auge. Wenn das Grandhotel im Sommer die Pforten öffnete, gab es ein Wiedersehen mit Spyriton und Dimitri. Und immer war es Dimitri, der Angst hatte, Jahr für Jahr Angst hatte, daß ein anderer Strandwächter Spyritons Dienste versehen würde. Spyriton machte diese Angst Spaß, den gleichen Spaß, den er damit hatte, in dienstfreien Zeiten Hotelgast zu spielen, was Dimitri nicht leiden mochte, fürchtete er doch, Spyriton würde wahrmachen, wovon er immer wieder sprach – nämlich: abzureisen mit irgendwelchen Gästen, die es sich in den Kopf gesetzt hätten, ihn, den Strandwächter, mitzunehmen. Obwohl Dimitri seine Einsamkeit liebte, ärgerte es ihn doch, wenn Spyriton unerkannt an der Bar hockte und lässig mit den Gästen in den verschiedensten Sprachen so recht und schlecht sich unterhielt, ehe er in seinem Kellerzimmer, das er bewohnte, verschwand, während er, Dimitri, die Koffer schleppte und behandelt wurde, wie man eben als Kofferträger zu behandeln war. Spyritons Art, mit den Gästen umzugehen, stellte alles in den Schatten. Wie er Schirme, Liegen, Badetücher und Boote wortreich ausfolgte, seine glutäugigen Blicke über die gezogenen Geldbörsen gleiten ließ, machte ihm niemand nach. Und das brachte Geld ein. Trinkgeld, das er außer Dienst mit den Gästen vertrank!

Spyriton sandte zwar jeden Groschen seines Lohnes der Familie, wenn er aber über seinen braunen Körper den anderen Spyriton überstreifte, seine dunklen Locken zurechtbürstete, legte er nicht nur die dunkle Brille und sein Hütchen ab, sondern alles, was ihm an der Welt als Last erschien, auch seinen Freund, der ihm dann mit jedem Koffer, den dieser trug, schwerer wurde, während seine Brieftasche von Stunde zu Stunde leicht wurde wie sein Herz, bis zum Morgengrauen, wo er sich dann vor seiner Arbeit im Meer tummelte wie ein Fisch, den man wieder entlassen hatte nach dorthin, wo er hingehörte. Abends würde er Dimitri wieder von seinen Erlebnissen erzählen, und Dimitri würden kochen vor Wut. Und wieder würde er davon sprechen, daß er seinen Freund mitnähme, ergäbe sich der glückliche Umstand eines Jobs in der großen weiten Welt. Und wieder würde Dimitri den Kopf schütteln und sagen, er gehe niemals von hier fort. Und im Grunde seines Herzens glaubte Spyriton nicht daran, daß Dimitri sich zu etwas anderem eignen würde als zum Koffertragen, Fischefangen und Kartenspielen. Seine Menschenkenntnis allerdings, das mußte ihm Spyriton lassen, die war besser als seine. Vielleicht, weil Dimitri den Leuten ins Herz sah, während Spyriton – und das verhehlte er auch nie – den Geldbeutel der Gäste im Auge hatte.
Zur Zeit allerdings herrscht Mißstimmung zwischen den beiden. Dimitri hatte, das war Spyriton verdächtig, in den letzten Tagen wenig bis kaum Zeit für ihn gehabt. Auch wollte sein Freund in der Hütte in Ruhe gelassen werden, das kam Spyriton noch verdächtiger vor. Ob Dimitri krank war? Trotz des Verbotes ging er zur Hütte. Schon von weitem hörte er Lachen und Scherzen, so daß sich Spyriton in seiner Sorge um ihn äußerst dumm vorkam und rasch in der Dunkelheit verschwand. Ob Verwandte gekommen waren? Ob er ein Mädchen hatte? Von einer Verwandtschaft wußte Spyriton nichts, obzwar Dimitri seine Einladung, den Winter bei ihm in den

Bergen zu verbringen, stets ausschlug. Und ein Mädchen – das war ausgeschlossen. Woher sollte Dimitri plötzlich eine Frau hernehmen. Ihm, Spyriton, wäre so etwas nicht entgangen.
Am nächsten Tag, als Spyriton den Strand säuberte, setzte er sein Hütchen, also seine Kapitänsmütze, tief ins Gesicht, um Dimitri, der lustig pfeifend an ihm vorbei zur Arbeit schritt, nicht grüßen zu müssen. Aber Dimitri tat, als ob nichts wäre, und fragte so nebenbei, was Spyriton davon hielte, wenn er, Dimitri, sich entschlösse, einmal von hier fortzugehen – nach Amerika zum Beispiel, sagte er dann ganz beiläufig, und noch beiläufiger fragte er, ob er, Spyriton, vielleicht mitkäme, wenn es so weit sei. Wenn es so weit sei, äffte Spyriton in Gedanken, dann wurde er laut: Amerika, Amerika – und meine Familie, ha? Spyriton war zornig, verletzt und was noch alles. Dimitri zuckte die Achseln und ging, aber des Abends blieb bei Spyriton die Verwandlung aus. Er blieb Spyriton, der Strandwächter, und machte sich auf zur Hütte. Wieder dasselbe – Lachen, Scherzen. Amerika, dachte er grimmig und biß die Zähne zusammen. Was ihm, Spyriton, dem Strandwächter, Herr über . . ., ach was, nicht gelang, sollte nun Dimitri, dem Kofferträger . . .? Wo blieben dann die Abende in der Fischerhütte, wo die Ausfahrt auf dem „Schiffskoffer" . . . Irgend etwas lehnte an der Hütte, es glänzte nach Metall, sah aus wie nach Speichen. Dimitri besaß doch kein Fahrrad – also doch eine Frau? Dimitri und die Liebe? Spyriton lachte böse. Vielleicht waren es nur Hotelgäste? Ausgeschlossen! Mit Kofferträgern ließen sich Hotelgäste nicht ein, schon gar nicht in dieser Hütte da. Auch Spyriton hatte Menschenkenntnis, er wußte, auch nicht mit Strandwächtern würden sie sich abgeben, und schon gar nicht in Kellerlöchern und Fischerhütten. Warum spielte er, wenn das Trinkgeld reichte, einen Feriengast? Um behandelt zu werden, wie man Menschen dieser Klasse behandelte. Was verstand Dimitri davon! Wie sollte man

ihm das erklären? Spyriton wußte, was er, der Strandwächter, wirklich wert war. Gewiß – für seine Familie war er der Ernährer. Gut, die Seinen mühten sich in den Bergen ab, aber er lag hier auch nicht in der Sonne herum, wie sie das von ihm dachten. Dimitri hatte niemanden, der so denken konnte. Von den Seinen jedoch bekam Spyriton nie Besuch, wenn er hier war, wegen der Arbeit, sagten sie dann immer, auch seine Frau, man könne die Tiere nicht allein lassen. Aber Spyriton wußte, daß sie sich schämten, und er schämte sich jetzt, daß er sich auch schämen würde, kämen sie plötzlich daher. Und Dimitri? Schämte er sich vielleicht auch? Fast glücklich fühlte er sich bei dem Gedanken. Aber dann kam ihm Amerika in den Sinn, und er zog sich fluchend zurück. Wie kleinlich war dieser Dimitri, wenn er bemerkte, daß Spyriton die Gäste beschwindelte, dann vor allem, wenn er keine Badetücher mehr hatte oder Sonnenschirme, weil er sie denen gegeben hatte, die großzügig den Geldbeutel öffneten, obwohl sie allen zugestanden wären, die Gast in diesem Hotel waren. Aber Spyriton hatte da eine ganze Litanei von Ausreden: Einmal waren die Waschmaschinen ausgefallen, dann hatte der Abholdienst eine Panne, dann kamen Schirme und Boote nicht rechzeitig von der Reparatur zurück, und zuletzt erfand Spyriton Feiertage, von denen die gläubigsten Inländer nichts wußten. Warum erzählte er das seinem Freund? Dimitri hatte dafür ohnedies kein Verständnis, einmal – wegen eines von Spyriton erfundenen Feiertages – befragte man auch Dimitri.
Es hatte sich wie ein Lauffeuer verbreitet, daß da einer sein sollte, wo keiner war. Da glättete Dimitri die Wogen der Empörung und erfand eine Geschichte, die ihm Spyriton nicht zugetraut hätte – nämlich, daß es Heilige für Kofferträger und Strandwächter gebe, die eben nur wenige verehrten . . . Spyriton mußte lachen.
Aber in seiner Kellerkammer verging es ihm wieder und auch am nächsten Morgen, als er trotzig mit seinen Ar-

men das Meerwasser teilte. Es war spiegelglatt, und der Strand war noch leer. In einiger Entfernung machte sich aber jemand zu schaffen. Dimitri? Für Spyriton war noch nichts zu tun. Er würde so lange im Wasser bleiben, bis Dimitri vorübergegangen war. Es war seine Zeit. Doch er kam nicht. Plötzlich entdeckte er eine Kapitänsmütze auf dem Wasser. Seine Mütze? Dann schwamm sie auf Spyriton zu und redete ihn an, das heißt, der Kopf, der darunter steckte. Doch Spyriton tat, als verstünde er nicht. Der Kopf versuchte es in mehreren Sprachen, auch in des Strandwächters Muttersprache. Aber ein anderer Kopf weckte sein Interesse mehr, er gehörte zu einem englischen Gentleman, mit dem er kürzlich an der Bar zusammentraf. Der dazugehörige Körper trieb in Rückenlage dem Ufer zu. Nun hatte es auch Spyriton eilig, aus dem Wasser zu kommen. Doch wer stand am Strand? Dimitri! Und er legte etwas nieder, worauf der englische Gentleman zutrieb. Was? Spyriton traute seinen Augen nicht. Dimitri winkte dem Gentleman, und auch dieser hob die Hand. Dimitri ging weiter. Spyriton schäumte noch, als sich der Engländer an den bereitgelegten Krückstöcken hochzog. Der Gentleman und Krücken? Amerika? Spyriton ersparte es sich, die Inbetriebnahme der Krückstöcke anzusehen, dennoch war es unvermeidbar, noch von weitem ein intaktes Standbein gewahr zu werden, das sich durch zwei Arme nebst einem stolzen Rücken mit einem ebenso stolzen Kopf darauf hotelwärts bewegte.
Nun kam ihm wieder der Kapitänmützenkopf in die Quere, und er, Spyriton, sollte schon längst aus dem Wasser sein, um seinen Dienst zu tun. Spyriton knirschte mit den Zähnen, auch die Kapitänsmütze nahm Kurs auf den Strand, und der verdammte Dimitri war auch schon wieder zugegen. Jetzt sah er es genau – diese Mütze war seine Mütze, sein Hütchen, und dieser Mann mußte es aus seiner Hütte genommen haben. Oder hat Dimitri? Er schwamm seiner Mütze nach, dann blieb er

zurück, denn Dimitri rührte sich nicht von der Stelle, und zu dieser Stelle schwamm die Mütze hin. Plötzlich strandete diese im wahrsten Sinne des Wortes. Ein massiger Oberkörper kam unter dieser zum Vorschein, ein Koloß, über den das Wasser schwappte, einem gestrandeten Fisch vergleichbar. Und so etwas trug seine Mütze! Und wer war zur Stelle? Dimitri! Vielleicht legte er wieder Krücken zurecht. Aber Dimitri klappte aus diesem Ungetüm zwei dünne Ärmchen heraus, und an diesen zog er das erbärmliche Wesen, das noch immer seine Mütze trug, strandwärts. Dann drehte Dimitri dieses menschliche Ungetüm um die eigene Achse. Dieser Dimitri ging mit Menschen um wie mit Koffern, empörte sich Spyriton, ehe er von diesem massigen Leib noch zwei dünne Beinchen zu Gesicht bekam, so daß er aussah wie ein Riesenkäfer, der wild zappelnd um sich schlug. Mit Hilfe dieses Zappelns aber und durch Dimitris Zupacken gelang es, dieses Wesen weiter landwärts zu bringen, und Spyriton gewahrte nun auch das Metall – die Speichen samt dem Rollstuhl, der des Abends auch vor Dimitris Hütte gestanden haben mußte. Dimitri aber füllte Wasser in ein Spielzeugkübelchen und spülte den Sand, der sich infolge der Nässe über den Körper gelegt hatte, ab. Spyriton gestand sich ein, seinen Freund noch nie so behutsam mit etwas umgehen gesehen zu haben. Auch die Mütze säuberte er vom Sand und klemmte sie unter seinen Arm. Es war seine Mütze!

Und da war auch seine Mütze, Spyriton fand sie, nachdem er sich auf Umwegen seiner Hütte genähert hatte, um seine Gäste zu bedienen. Sie hing auf dem gewohnten Platz, den nur er und Dimitri wußten. Dimitri war nun spurlos verschwunden ebenso wie der Rollstuhl. Auch Krücken konnte Spyriton nirgends mehr auf seinem Strand entdecken. Der Strandwächter nahm die Mütze in die Hand, plötzlich hatte er eine Scheu, diese aufzusetzen.

Zur späten Abendstunde sichteten Hotelgäste von ihren Balkonen aus im Mondlicht ein Fischerboot am Meer.

Die Gestalt des Bootes sowie die Kopfbedeckung des einen der beiden Männer ließen vermuten, daß es sich um den Kofferträger und den Strandwächter des Hotels gehandelt haben mußte, die da in die nächtliche See stachen. Tatsächlich aber waren weder ein Kofferträger noch ein Strandwächter die Nacht über auf dem mondhellen Meer unterwegs, sondern zwei Freunde, die sich viel zu sagen hatten. Von Amerika soll allerdings nicht mehr die Rede gewesen sein . . .

VIELSTIMMIGES

DER WEG ZU ELISABETH

Ist es noch weit? fragt das Kind die Frau. Die Frau trägt schon schwer. Sie waten zu zweit durch den tiefen Schnee. Wenn das Kind fragt, denkt die Frau, dann ist es nicht mehr weit. Da fließt ein Bach, da steht ein Glashaus. Weihnachtssterne schimmern durch. Sie sind rot, bemerkt das Kind, wie Blut! Ja, sagt die Frau, Blut ist Leben. Auch Totgeborene bluten, hört sie das Kind sagen. Die Frau erschrickt. Aber das Kind spricht weiter: Ich werde lebend geboren, immer wieder . . . Die Frau versteht nicht und fragt nicht. Sie geht ihres Weges. Kein Bach ist mehr zu sehen, kein Glashaus, kein Rot, aber ein Schneemann steht mitten auf dem Weg. Siehst du ihn? fragt das Kind. Du siehst ihn? fragt ungläubig die Frau. Mit deinen Augen! lacht das Kind. Wie heißt er? will es wissen. Er hat keinen Namen, antwortet die Frau. Er ist weiß wie die Lämmlein, spricht aufgeregt das Kind. Aber da sind keine Lämmlein, gibt sanft die Frau zurück. Wo sind sie? will das Kind wissen. Im Stall, antwortet die Frau. Du willst dorthin? fragt die Frau. Es ist noch zu früh, meint das Kind, und die Frau geht weiter. Sie findet Spuren und geht ihnen nach. Das Kind kann sie nicht sehen und fragt. Es sind Spuren von Hasen, Krähen und Füchsen, gibt die Frau zur Antwort. Und deine, lacht das Kind. Unsere, gibt die Frau lächelnd zurück. Wo sind die Hasen, die Füchse und die Krähen? fragt das Kind. Ich weiß es nicht, antwortet die Frau. Im Stall? will das Kind wissen. Vielleicht die Hasen, meint

die Frau. Und die Krähen, wo sind die Krähen? fragt das Kind wieder. In der Luft, denke ich, antwortet die Frau. Und die Füchse, sind die auch in der Luft? fragt nun das Kind. Nein, antwortet geduldig die Frau, Füchse können nicht fliegen. Dann sind sie im Stall, meint das Kind. Die Füchse dürfen nicht in den Stall, sie beißen die weißen Lämmlein tot, erklärt die Frau. Wenn sie aber kommen? fragt das Kind. Dann werden sie verjagt, beruhigt die Frau das Kind. Von wem? will es nun wissen. Von den Hirten, antwortet die Frau. So sind Hirten im Stall und Lämmchen und Hasen und keine Füchse, denkt das Kind und ist froh . . .
Licht leuchtet aus Fenstern. Häuser ragen aus dem Dunkel. Leute kommen des Weges. Sie grüßen uns nicht, stellt das Kind fest. Sie kennen uns nicht, bemerkt die Frau. Sie erwarten uns nicht, meint das Kind. Eine Frau wartet auf uns, tröstet die Frau das Kind. Die Frau erwartet uns, sagt da das Kind, wie die Könige, die Kinder, die Hirten, die Lämmchen . . ., das Kind hält inne. Sie werden sich freuen, meint die Frau. Nun schweigt das Kind. Die Frau bleibt stehen. Der erste Schmerz ist da. Ist es noch weit? fragt das Kind. Ja, sagt die Frau und geht weiter.
Es kommt jemand, das Kind horcht. Kinder sind es, bemerkt die Frau. Sie haben den Schneemann gebaut? fragt das Kind. Ich weiß es nicht, gibt die Frau zur Antwort. Du mußt sie fragen, meint das Kind. Sie verstehen mich nicht, antwortet traurig die Frau. Nenne sie beim Namen, bittet das Kind. Bei welchem? fragt die Frau. Bei meinem, meint das Kind. Sie verstehen mich nicht, seufzt die Frau. Es ist noch zu früh, denkt das Kind . . .
Die Frau geht weiter, sie ist müde. Lange Zeit schon schweigt das Kind in ihr. Da kommt jemand, ruft es nun. Es wird Zeit, meint die Frau. Es ist Zeit, sagt das Kind. Es ist so weit, jubelt die andere Frau mit dem anderen Kind . . .

ORIENTEXPRESS

Es ist die Zeit nachher. Man trauert um das Vorher. Man friert jetzt und hungert – nach Brot und auch nach anderem.
Die Züge fahren wieder, ihr Atem geht schwer – wie auch der der Menschen, stoßweise, von Schwelle zu Schwelle sich schleppend – ein Hauch von Leben im Schienengeäder . . .
Aus fensterlosen Abteilen starren Menschen mit leeren Augen und leeren Mägen auf die Schienenstränge, die sich weiten. Man ist wenigstens unterwegs. Unterwegs nach dort, wo die Sonne aufgeht, Tag für Tag . . .
Irgendwann steigt man aus, hungernd, frierend. Man bittet, bettelt, nimmt und bekommt und wartet wieder auf den Zug, den Zug nach zurück . . .
Die Wartehalle ist fensterlos. Ein Schaffner ist da. Er wartet wie die anderen. Er wartet auf seinen Zug. Man wartet lange. So lange, daß man in jeden Zug steigt, der da kommt. Und irgendwann kommt immer ein Zug. Man steigt ein, man will nach Hause. Auch der Schaffner steigt zu.
Der Zug hält nur kurz. Er muß von sehr weit herkommen, er sieht sich fremd an. Er hat Fenster, und drinnen ist es wohlig warm. Die leeren Augen der Zugestiegenen füllen sich mit Leben, ihr Hunger hüllt sich in Plüsch und Seide. Der Schaffner lacht. Und der Zug rast. Die Zugestiegenen sind hellwach, die anderen träge und satt. Der Zug fährt und fährt. Der Schaffner lacht und lacht.

Die Zugestiegenen werden unruhig, auch in die anderen kommt Bewegung. Der Zug ist schnell, sehr schnell. Aussteigen! Das denkt jeder, das will jeder, das ruft jeder. Irgendwann will jeder aussteigen. Der Schaffner lacht noch immer, und der Zug rast . . .
Irgendwann hält der Zug, steht still. Da ist kein Atemholen wie nach langer Reise. Da ist nur Stille, und sonst ist nichts. Endstation? Aber da ist keine Station. Da ist kein Bahnhof, kein Warteraum. Da ist nichts und niemand. Da ist das Niemandsland, und niemand steigt da aus. Niemand will nach hier. Nach hier nicht. Zurück, zurück, nur zurück! Jeder denkt das, jeder will das, jeder ruft das. Lacht der Schaffner?
Der Zug steht noch immer. Man wartet, hungert, friert. Lange, sehr lange. Der Schaffner ist fort, da steigt man aus, und da sieht man es – alle sehen es – der Zug hat keine Lokomotive . . .
Später haben sich einige auf den Weg gemacht, den Schienen entlang. Es dürften die Zugestiegenen gewesen sein, denn sie hatten wenig Gepäck bei sich . . .

KASIMIR

Dort, wo das Unwirkliche sich verwirklicht, sich verselbständigt und ein Eigenleben führt, war der Ort, wo Kasimir sein Leben bestritt. Ein großer Sprung zog sich quer durch sein Herz, es schlug nicht im Uhrzeigerschritt, wie das sonst bei anderen die Art ist.
Kasimirs Kinderland war vernebelt. Stinkender Qualm ätzte Augen, Mund und Nase, und Kasimirs Sinne verdunkelten sich auf merkwürdige Weise. In der Zeit, wo der Ausstoß der Nebel ausblieb, wo die Blumen wieder so wirklich waren wie die zerschlagenen Häuser, wo wirklicher Duft wieder war und wirklicher Schutt, da sah Kasimir, was er zu sehen glaubte, roch, was er zur riechen glaubte, und seine Stimme war kaum zu hören, und seine Ohren waren taub.
Später dann, als Kasimirs Stimme lauter geworden war, gab es keinen Schutt mehr, weil alles wieder heil wurde – die Häuser und auch die Menschen. Es blühten die Blumen, wie sie immer blühten, doch für Kasimir blühten sie in sonderbaren Farben, was nur bedeuten konnte, daß er sie anders sah als die anderen. Kasimirs Glockenblumen waren rot und seine Schmetterlinge grün, und so malte er sie auch. Das war zu einer Zeit, als Kasimir nicht mehr taub war.
Die anderen bemerkten die roten Glockenblumen und die grünen Schmetterlinge und auch, daß Kasimir wieder hören konnte. Doch was war das für ein Hören? Kasimir hörte Unhörbares so, wie er Unsichtbares sah. Al-

les, was um Kasimir herum war, sprach ihn an, redete ihn an und schrie ihn oftmals an. Er verstand wohl die Sprache der Glockenblumen, der Schmetterlinge und die der Steine. Die Sprache der Menschen aber verstand er nicht. Und so wurde Kasimir den Menschen fremd. Er konnte nicht weinen und nicht lachen, so glaubte man, Kasimir hätte kein Herz. Ein unsichtbarer Kreis war um ihn herum, der ihn von den anderen trennte.
Kasimir ging seinen Weg alleine. Niemand war da, der neben ihm herging, der mit ihm lachte und mit ihm weinte, doch alles, was Kasimir umgab, füllte ihn aus, aber nichts schlug Wurzeln in ihm, obzwar sich alles in ihm verzeigte, so sehr verzweigte, daß von Kasimir selbst kaum noch etwas übrigblieb.
Einmal blieb Kasimir stehen auf seinem Weg, weil er glaubte, Blicke gespürt zu haben, die auf ihn gerichtet waren. Kasimir sah nichts und niemanden, so ging er weiter. Er kehrte aber zu der Stelle zurück, wo er glaubte, angeschaut worden zu sein. Und nun entdeckte er ein Antlitz, das ihn, Kasimir, ansah. Kasimir war es nicht gewohnt, angeschaut zu werden, s o angeschaut zu werden. Auch konnte er es nicht fassen, daß etwas schwieg, wo doch immer alles zu ihm redete. So schwieg auch Kasimir und schaute und schaute und gewahrte die Dornen in der Krone über dem Haupt und die Nägel und Wunden darunter, und seine Welt geriet in Unordnung, weil sie wieder in Ordnung kam, denn Kasimir begann zu weinen. Der, der ihn s o angeschaut hatte, mußte mitten in Kasimirs Herz gesehen haben, denn Kasimirs Glockenblumen färbten sich nun blau und seine Schmetterlinge bunt.
Allmählich fiel es auch anderen auf, daß Kasimir nun so sprach wie sie und auch so malte wie sie, aber sie konnten nicht wissen, daß für Kasimir nun auch das Unhörbare nicht mehr zu hören war, und das beunruhigte Kasimir so sehr, daß er nicht zur Ruhe kam. Und so war noch immer ein Kreis um ihn gezogen, der ihn von den anderen trennte.

Da entdeckte Kasimir das Kind, inmitten einer Wiese. Es hatte einen weiten Kreis aus Steinen um sich herumgelegt und malte. Kasimir verlangte danach, zu diesem Kinde zu gelangen, doch er getraute sich nicht, den Ring zu durchbrechen und über die Steine zu steigen, so hob er sie auf und sammelte sie ein. Und da bemerkte er die rot gemalten Glockenblumen und die grünen Schmetterlinge. Da wagte es Kasimir, Glockenblumen und Schmetterlinge in wirkliche Farben zu tauchen, und als das Kind die blauen Glockenblumen und die bunten Schmetterlinge sah, blickte es zu Kasimir auf und lächelte, lächelte ihn an. Da spürte Kasimir, wie sein Herz sich drehte und im Uhrzeigerschritt zu schlagen begann. Da lächelte auch Kasimir, lächelte – zum allerersten Mal . . .

DIE BIRKAPFELGEIGE

Irgendwann einmal haben wir uns aus dem Paradies vertrieben, als die Schlange uns das Überparadies versprach. Der Apfelbaum blühte verlockende Worte und trug zeitliche Früchte, von denen wir aßen. So gab es Streit zwischen Birke und Apfelbaum. Die Schlange mochte die Birke nicht leiden, weil sie uns bat zu bleiben. Vergeblich! So schritt der Engel nachdenklich hinter uns her und barg noch sein Schwert unter den Schwingen bis zum Tor, wo er versteinerte und verstummte. Zuvor aber reichte er uns die Gabe für den Weg: das Kreuz!
Nicht jeder nahm es auf sich. Ohne dieses sprach es sich schneller herum, in welchen Gärten die Bäume voll von Früchten hingen. Da gab es welche, die verhüllten es, daß man es nicht sehen konnte. Wieder welche vergoldeten es, daß es glänzte, dann warfen sie es fort, da es ihnen zu schwer geworden war. Jene, die das Kreuz auf sich genommen hatten, rochen das Apfelholz und den Birkenstamm in den Balken, und die Sehnsucht nach zurück erdückte sie mehr, als das Kreuz auf ihnen lastete, so ertrugen sie es nicht mehr. Wieder welche lösten die Balken voneinander los und spannten Saiten über den einen und führten den anderen als Bogen über diese, so daß die eine davon, die Saite der Lüfte, jauchzte unter dem Bogenstrich und die Saite des Wassers tränte und tränkte und die des Feuers brannte und pflügte und die der Erde säte und erntete, was brach in ihren Seelen lag, und so

kreuzte sich und fügte sich wieder zusammen, was die Zunge der Schlange gespalten hatte.
Aber auch die Schlange war unterwegs und hatte es auf diese Töne abgesehen, die sie nicht hören und weniger noch ertragen konnte. Sie stellte sich tot, daß man sie für einen Kreuzesbalken hielt. Dann aber wurde sie lebendig und zerbiß die Saiten – eine nach der anderen, daß die Ernte verbrannte, das Jauchzen verstummte und die Tränen froren zu kaltem Eis.
Da trat auch der Engel aus dem Tor und vergab sein Schwert, das niemand haben wollte, und gab sein Wort, das niemand hören wollte, und sie zerschmetterten die Balken mit Wort und Schwert, nicht aber die Schlange, die sie fürchteten, weil sie kroch und züngelte und die Zähne zeigte mit dem Gift.
Manche spielten unverdrossen weiter, obzwar die Schlange ihnen auf den Fersen war, doch sie nahmen den Kampf nicht auf; wohl aber tat dies die Schlange, und sie folgte ihnen – Stunde für Stunde, Tag für Tag, und der Sieg war oft der ihre. Jene, die das Schwert zu führen wußten gegen sie, erlebten, daß wieder und wieder sie neu geboren wurde, und sie kämpften sich ab – Stunde für Stunde, Tag für Tag.
Wenige schafften es, ans Tor zurückzukehren, wo sie baten, wieder eintreten zu dürfen. Sie zeigten die mitgebrachte Habe, die ihnen dargereicht worden war für die Wanderschaft nach der Freiheit ihres Willens. Da lächelte der Engel und ging ihnen voran. So kamen auch welche, vom Kampf mit der Schlange noch immer nicht gezeichnet, und begehrten Einlaß. Des Engels trauriger Blick beschämte sie so sehr, daß sie umkehrten und sich auf die Suche machten, um wiederzukehren mit dem und zu dem, was sie einmal willens waren zu verlieren . . .

CHERUBIN

noch nenne ich ihn nicht cherubin. in seinem brennpunkt sammelt sich blaulicht, ein folgetonhorn rastet ein. das schafft beklemmung. die purpurne begegnung findet nicht statt. da ist das rot nicht, das unaussprechliche, das sich selbst verschweigt. das rot, das den anderen schlaf anders umarmt. das rot, das sich behauptet durch alles gerippe hindurch. das rot, das blind findet, was seine farbe kreuzt.

DIE KRAFT REICHT NOCH FÜR VIELE WEGE. DER SPERRSTUNDE ENTGEHT NIEMAND. DER KAPSELTRÄGER SCHRECKT ZURÜCK BEIM ANBLICK DES SCHWERTES, DAS IM ERFAHRBAREN STECKT. ENTENGELTE ENGEL KOMMEN NICHT ZUM EINSATZ. DIE ART DES MOHNS FINDET SICH NICHT IM GEBORSTENEN ANBLICK DES VERHEISSENEN PARADIESES. IM DUNSTKREIS ENTARTETER SPHÄREN VERENDET ENTWELKT DAS ROT. DEM UNKENNTLICH VERFORMTEN BLEIBT DIE PEINLICHKEIT DES ANBLICKS NICHT ERSPART. AUFWARTUNGEN LASSEN AUF SICH WARTEN. ANKOMMENDEN STEHT DAS ENTSETZEN INS GESICHT GESCHRIEBEN. GEBORSTENES UND ENTHAUPTETES SCHLAGEN SIE IN DIE FLUCHT. DAS SCHWARZE GNADENBROT WIRD NICHT ANGENOMMEN, AUCH NICHT

DER SCHREI AUS DER FINSTERNIS. MAN ENTKOMMT WIEDER. MAN ENTKOMMT IMMER WIEDER DEM STELLUNGSBEFEHL. EINMAL MÜSSEN SICH ALLE STELLEN.

Irgendwann stellt man sich zurück, freiwillig. Als neunmonatiger Freiwilliger geht man alles neu an. Die Narben des Mohns brechen wieder auf. So erfährt man sich selbst und auch die anderen. Man schwimmt in der eigenen Blutspur gegen den Strom und mit der Strömung in fremden Spuren, bis man aufgibt und verendet darin.
Irgendwann gibt man nicht mehr auf. Am Ende aller Wege steht immer ein Engel. Diesmal trägt er Purpur, und ich nenne ihn Cherubin.

DER HOFNARR

Er ist wieder da! Er ist wieder da! Man hißte die grüne Fahne. Wie ein Lauffeuer verbreitete sich die Kunde im Schloß. Nur der König wußte noch nichts davon. Er ritt durch die Wälder, hielt Rast an einer Mühle und ließ seinen Schimmel grasen. Das Rad an der Mühle knarrte, und die Wassertropfen sprangen oben weg wie eine Herde weißer Pferde, in welche die Morgensonne strahlend hineinfuhr. Jeder Tropfen spaltete das Licht in die Farben des Regenbogens, und das Mühlenrad jagte hinterher, daß alles aufspritzte und zerstäubte. Der König war ein Mann der früheren Zeit – mit Purpur, Krone, Zepter und Empfinden, aber auch einer der neueren, so gab es den grünen Rasen auf seinem Hof, wo die Bälle zwischen den Toren landeten, den roten Sand, wo diese aufschlugen, die Gemächer, wo man musizierte, tanzte und schwatzte, und solche, wo sich die weisen Leute über die Zukunft die Köpfe zerbrachen, und so erschienen ihm die Wassertropfen, die da mitten hineinsprangen ins Leben, auch als metaphorische Ziegen, die sich ihre Hörner abstießen bei ihren Luftsprüngen in die neue Zeit. Auch einen Hofnarren hielt sich dieser König. Einen Narren, um den man ihn beneidete – weit und breit, einen Narren, der niemals Kappe und Gewänder ablegte, weder auf rotem Sand, auf grünem Rasen, noch in den Gemächern des Schlosses, einen Narren, der ihm treu zu Diensten war, und das ganze Königreich von Impidimpi lag

ihm, dem Narren, mit seiner Gunst zu Füßen. Und dennoch machte sich dieser auf und davon.
Der König blickte in den Bach, dem sich die Mühle entgegenstellte und sein Wasser forderte, um sich am Leben zu halten. Sie nahm es auf ihre Schaufeln und entließ es wieder in die Freiheit seines Laufes. So auch verfuhr der Narr mit ihm, der des Königs Gedankenfluß durch seine Schelmereien zu zähmen wußte. Gespräche seien wie Flüsse, meinte der Narr, die an Quellen zum Ursprung kämen – an klaren, hellen, aber auch an trüben. An der Mündung zum Meer ständen sie wieder still, kämen zur Ruhe – an schwarzen Meeren, aber auch an roten und anderen. Dazwischen geschähe vieles: da gäbe es Hindernisse, die zu überwinden oder zu umgehen wären, da kämen Wasserläufe heran, die zur Vereinigung drängten. Der König erschrak, der Schimmel stieß ihn an mit seinen Nüstern. Er schwang sich in den Sattel und gab dem Pferd die Sporen. Er war ein einsamer König. Prinzessinnen kamen und gingen, keine fand seinen Gefallen, jedoch den seines Narren. Er trieb seine Späße mit ihnen und auch mit dem König, wenn sie das Schloß verlassen hatten, da der König sie nicht erhörte. Der Narr empfahl seinem Herrn und Gebieter, doch einmal etwas zu bauen – vielleicht ein Haus oder nur eine Hütte oder gar ein Schloß . . .? „Wozu dieses?" fragte der König erstaunt. Der Narr zeichnete herzförmige Gebilde in die Luft, mit seinen Händen, mit seiner Kappe, zuletzt verwendete er die Arme, den linken für die eine Herzhälfte, den rechten für die andere, dann folgten Fragezeichen, und schließlich unterließ er es, die eine Hälfte der anderen folgen zu lassen, so daß man das „Halbherzige" für Ohren halten konnte. Jedenfalls tat dies der König, dem die Gebärden seines Narren höchst merkwürdig anmuteten und der zwischen diesen Herzen und den genannten Häusern, Schlössern oder Hütten keinerlei Zusammenhang sah, denn es standen genügend dieser Bauwerke in seinem Reich herum. Doch der Narr bedeutete ihm, er,

der König, müsse da selbst Hand anlegen, wenn er zu Werke ginge, und auch die Prinzessinen sollten sich nützlich zu schaffen machen. Etwas bauen oder erbauen zu lassen, das wäre zu wenig. Der König verstand nun rein gar nichts mehr, aber sein Narr hatte das so an sich, in Rätseln zu sprechen, daß der Gesprächsfluß durch des Königs Ratlosigkeit ins Stocken kam. „Höre, Narr“, sprach er dann, „wer sollte dann darinnen wohnen? Du, vielleicht?“

„Nein, Ihr, mein König! Und sie!“

„Sie?“

„Sie, die Prinzessin –, nein, nicht doch“, der Narr schien sich zu besinnen und begann wieder damit, Herzen in die Luft zu zeichnen – große, kleine . . . Dem König war nun etwas unbehaglich zumute. Einem Narren stand es wohl zu, verrückt zu spielen oder auch zu sein, aber ein König sollte seinen Teil davon bekommen – vom närrischen Treiben. Nach einer Weile erschien der Hofnarr mit Ziegelsteinen. Ein Narr, der Ziegelsteine in Schloßgemächer schleppte, war wenigstens zum Lachen. Der Narr aber setzte die ernste Miene auf, und dem König verging das Lachen, als er diesem bedeutete, ihm einen zu reichen. Der König, kein Spaßverderber, tat dies. Er bückte sich, hob einen auf und reichte ihn dem Narren. Als er sich einige Male gebückt hatte und als der Narr allen Ernstes versuchte, ein Mäuerchen zu errichten, war der Spaß vorbei. Nicht, daß der König ihm ein böses Wort gab – das Lachen, nein, das Auslachen seines Herrn war es wohl, das den Narren so zum Narren machte, daß dieser sich forttrollte, wenngleich dem König noch für längere Zeit vor Lachen die Tränen kamen, wenn er daran dachte, wie es sich ausnehmen würde, mit einer Prinzessin Bretter zu sägen, Mörtel zu bereiten, Ziegel zu tragen und was noch alles. Nun aber lachte der König nicht mehr. Der Himmel leerte alle Gießkannen über den reitenden Mann und dessen Schloß, so sah er die grüne Fahne nicht, die die Höflinge gehißt hatten. Es war ein

Brauch des Hofstaates, den der König duldete. Die Fahne zeigte an, welche Stimmung im Schloß vorherrschte, und damals, als der Narr verschwunden war und der König sich darob über alle Maßen grämte, zog man die rote auf. Niemand wußte da, daß auch der König nach seinem Narren gesucht hatte. Nach einem Streit mit dem Hofgesinde stieg der Narr für des Königs Ehre in den Ring. Man hatte seinen Herrn beleidigt. Schon nach der ersten Runde mit dem Stallknecht gab er auf. Dann lag er in den Ställen bei den Hunden. Dort fand ihn der König. Man hatte mit Steinen nach ihm geworfen. Nach seiner Schmach im seilumspannten Viereck trieb er mit seiner Zunge Spaß. Es waren andere Späße, an welche die Höflinge nicht gewohnt waren, dafür sollte der Schelm büßen, man riß ihm die Kappe vom Kopf und war drauf und dran, ihm die Narrenkleider vom Leibe zu reißen, aber der Narr konnte fliehen, so flogen die Steine. Dann wurde er nicht mehr gesehen, da er sich versteckt hielt. Den König durchzuckte es bei dem Gedanken, wie er dalag – mit fiebernder Stirn und blutenden Wunden. Er röchelte und sprach im Fieber. „Kimasi!" hörte er ihn immer wieder sagen. Dieser Name ging dem König nicht mehr aus dem Kopf. Wer war „Kimasi"? Seine Liebste? Sofort schickte der König nach den besten Ärzten in seinem Reich und ließ seinen Leibarzt kommen, aber auf unerklärliche Weise war der Hofnarr plötzlich verschwunden. Man suchte überall, in allen Winkeln des Schlosses, im ganzen Reich von Impidimpi. Der Narr blieb verschollen.
Der König stieg vom Pferd. Niemand hatte ihn kommen gesehen. Sein Blick fiel auf den einen Söller seines Schlosses, von welchem aus der Narr Ausschau zu halten pflegte: nach dem Reich, den Prinzessinnen, nach dem Wetter, nach der Sonne, nach dem Mond, nach den Sternen ... Lugte nicht ein Stück der Schellenkappe hervor? Der Regen ergoß sich noch immer in Strömen auf das Schloß und seinen Herrn. Seit dieser Zeit nun

hatte ganz Impidimpi große Sorge um seinen König. Er legte Purpur und Krone und Zepter ab. Prinzessinnen, die auf dem Hof erschienen waren, um seine Gunst zu erringen, wies er fort oder ließ sie Proben bestehen, aus denen man schloß, daß der König nicht mehr so ganz richtig im Kopfe sein mußte. Dann brachte man Narren von weit und breit in das Schloß des Königs, doch keiner war ihm recht. Die meisten kamen ohne Narrenkleider, da sie wußten, dieser Herr wäre auch einer der neueren Zeit. Dann kamen welche, die trugen Gewänder, wie es sich für den Hofnarren eines Königs der früheren Zeit gehörte, doch diese mißfielen dem König. So, wie er von den Prinzessinnen verlangte, Hütten zu bauen, so mußten die künftigen Narren ihren König unter dem Hofgesinde, unter welches er sich gesellte, zu finden wissen. Jedesmal gab es Gejohle und Gelächter, wenn der Leibkoch oder Stallmeister für den König gehalten worden war. Man munkelte im Schloß, daß sich der König wegen eines entschwundenen Hofnarren selbst zum Narren machte. Narr, dachte der König jetzt, woran habe ich mit dir wohl gebaut, daß du mir so fehlst?

Er besah sich sein Schloß, ehe die Diener herbeigeeilt kamen. Er hatte es nicht gebaut, nicht mit seinen Händen. Er hatte es erbauen lassen, errichten wie die vielen Hütten und Häuser und Schlösser in seinem Reich. Die Dienerschaft war um ihn herum, sehr umsichtig, noch umsichtiger als sonst, kam es dem König vor. Über dem Schloß lag eine friedliche Stille, nur der Regen verwob darin sein Rauschen, ehe es erlosch.

Der König begab sich zum Söller, seine Augen trogen ihn nicht. Dort stand sein Narr. Von dort aus nannte der Narr, zu welcher Tages- und Nachtzeit auch immer, die Stunde, die es geschlagen hatte. Diesmal blieb der Narr stumm und drehte dem König den Rücken zu. Hätte er nicht die vertrauten Gewänder getragen, der König hätte glauben müssen, seine Sinne hätten ihn genarrt. Aber er war da! Er war leibhaftig wieder da! Und es war seine Stimme, die da sprach:

„Die Höflinge zanken sich, mein König!“
„Tun sie das?“ Fast tonlos kam es von des Königs Lippen.
„Gewiß!“
„Und sonst?“
„Und sonst ist nichts!“
„Nichts?“
„Sie würfeln!“
„Sie spielen?“
„Sie spielen und sie zanken sich!“
„Sie zanken sich beim Würfelspiel?“
„Das Spiel ist der Rede nicht wert!“
„Wohl aber der Zank?“
„Der Würfel ist ein liederlich Ding!“
„Ein Ding, das seine Bilder zeigt!“
„Und eines verschweigt!“
„Dieses zu sehen ist deine Sache nicht?“
„Ich sehe nur der Bilder fünf!“
„Vergiß das unsichtbare eine!“
„Nicht doch, nur dieses eine macht die anderen wert!“
„Weil stets beim Namen du es nennst?“
„Blind zu sehen ist meine Sache nicht!“
„Mein Hofnarr scherzt?“
„Zu teilen nenne ich nicht Scherz!“
„Siehst du nach einer Liebsten aus? Nach meiner? Oder ist es gar die deine?“
„Ich habe der Augen zwei!“
(Wäre der König nur einer der neueren Zeit, so hätte er hier an dieser Stelle geantwortet: „Was du nicht sagst?“ Wäre er einer nur der älteren, gäbe er zur Antwort: „Du sagst es!“)
So aber sprach er:
„Ein Würfel hat der Augen viele!“
„Zwanzig und eines an der Zahl, mein König!“
„Was kümmert dich eines, wenn zwanzig taugen?“
„Was aber, wenn 5 mal 3 von ihnen taugen und 2 mal 3 von ihnen wären blind?“
„Mein Narr, du hast der Augen zwei!“

„So bin ich blind, mein König!"
„Mein Narr, du treibst mit deinen Augen Spaß!"
„Spaß treibt die Zunge, nicht das Auge, Herr!"
„So bist du blind, auf daß ich sehe?"
„Augen, die stumm, bedürfen der Zunge nicht, die blind!"
„Mein Narr, gibt deine närrische Zunge mir Augen, auf daß ich sehe?"
Da wandte sich der Narr dem König zu.
„Kimasi!" rief da der König aus, und kurz und heftig umschlang er ihn, daß dieser ihm niemals mehr verlorenginge. Lange genug aber, um zu spüren, daß der Narr eine Närrin war. Blitzschnell entwand sich diese den Armen des Königs und verschwand auf Nimmerwiedersehen.
Und wieder wehte die rote Fahne über dem Schloß, während der König in ferne Lande zog. Wäre dieser nur ein König der früheren Zeiten gewesen, hätte er bei seiner Rückkehr einen Hofnarren vorgefunden, der König und Prinzessin in einem gewesen wäre, das Land Impidimpi zur Freude seiner Bewohner regiert hätte, und einer Märchenhochzeit wäre nun nichts mehr im Wege gestanden. Wäre er nur einer gewesen, der der neueren Zeit angehörte, hätte man den Hofnarren mit Sicherheit ausgeforscht und wegen Vortäuschung falscher Tatsachen vor Gericht gestellt. Unter der Voraussetzung, daß er nichts gegen eine Vermählung mit dem König einzuwenden hätte und einer solchen zustimmen würde, wäre er begnadigt worden, womit sich ein Happy-End abgezeichnet hätte, jedoch unter der einschränkenden Bedingung, daß durch die Verbindung eines so ungleichen Paares gewisse Risikofaktoren mit Spätzeitfolgen nicht hätten ausgeschlossen werden können.
Da der König aber einer war, dessen Reich zwischen den Zeiten lag, wehte nach seiner Rückkehr die rote Fahne nicht und nicht die grüne über dem Schloß, sondern eine gelbe. Der Narr nicht und niemand aus dem Hofgesinde hatte diese gehißt. Der König selbst war es gewe-

sen, der sie aufgezogen hatte. Er wählte diese Farbe als Zeichen seiner Achtung davor, was ihn so quicklebendig hat werden lassen und ihn mit einer Lebenslust erfüllte wie eine glückselige Sonne – die Liebe zu Kimasi, dem gewesenen Hofnarren von und zu Impidimpi.
Zuweilen aber weht die gelbe Fahne auf Halbmast, wenn Schattenwolken des Zweifels das Herz des Königs heimsuchen und es schwer machen oder wenn es zu zerspringen droht vor lauter Sehnsucht . . .

HAUTFLÜGLER

Das Gekrebse an den Düften,
Schreckgespenster aus den Lüften:
sommersüchtiges Gewepse –
ein Papierpalastgesindel
ohne jeden Höhenschwindel,
und winterhartes Bienenvolk,
gefügt im Honigwachs der Waben,
ist nicht ohne Stich zu haben,
denn nebst der feinen Dosis Gift
haben diese Tiere auch
einen Stachel zum Gebrauch.
Wenn der zur Eigenwehr gezückt
und als Waffe abgegeben,
verliert sich dünnhäutiges Leben.
Dicke Haut verpuppt sich oft,
sie bleibt von Hummeln ungeschoren,
die zum Stechen nicht geboren
und zum Kampfe nicht beflügelt.
Doch was sonst zur Erde schwirrt
und zu fremden Schwärmen irrt,
auch noch zum Duft des Lebens drängt –
befohlen oder eigenmächtig,
ist nun allemal verdächtig.
So häuten stechend sich die Staaten,
die hungrigen und auch die satten,
im Krebsgang quer zum Höhenflug . . .